DU MÊME AUTEUR

Aux Éditions Gallimard :

LES ARMES SECRÈTES
MARELLE
GÎTES
TOUS LES FEUX, LE FEU
62 – MAQUETTE À MONTER
LIVRE DE MANUEL
OCTAÈDRE
CRONOPES ET FAMEUX
FAÇONS DE PERDRE
LE TOUR DU JOUR EN QUATRE-VINGTS MONDES
NOUS L'AIMONS TANT, GLENDA et autres récits
ENTRETIENS AVEC OMAR PREGO (Folio / Essais)
HEURES INDUES

En collaboration avec Carole Dunlop :

LES AUTONAUTES DE LA COSMOROUTE

Du monde entier

JULIO CORTÁZAR

CRONOPES ET FAMEUX

nouvelles

*Traduit de l'espagnol
par Laure Guille-Bataillon*

GALLIMARD

Titre original :

HISTORIAS DE CRONOPIOS Y DE FAMAS

© *Julio Cortázar, 1962.*
© *Éditions Gallimard, 1977, pour la traduction française.*

Ce livre contient le suivant assortiment :

Manuel d'instructions	9
Occupations bizarres	31
Matière plastique	65
Histoires de Cronopes et de Fameux	117

Manuel d'instructions

Ce travail de ramollir la brique chaque jour, ce travail de se frayer passage dans la masse gluante qui se proclame monde, tous les matins se heurter au parallélépipède au nom répugnant avec la satisfaction minable que tout est bien à sa place, la même femme à ses côtés, les mêmes souliers, le même goût du même dentifrice, la même tristesse des maisons d'en face, l'échiquier sali des fenêtres avec son enseigne HÔTEL DE BELGIQUE.

Comme un taureau rétif pousser de la tête contre la masse transparente au cœur de laquelle nous prenons notre café au lait et ouvrons le journal pour savoir ce qui se passe aux quatre coins de la brique de verre. Refuser que l'acte délicat de tourner un bouton de porte, cet acte par lequel tout pourrait être transformé, soit accompli avec la froide efficacité d'un geste quotidien. A tout à l'heure, chérie, bonne journée.

Serrer une petite cuillère entre deux doigts et

sentir son battement de métal, son éveil inquiet. Comme cela fait mal de renier une petite cuillère, de renier une porte, de renier tout ce que l'habitude lèche pour lui donner la souplesse désirée. C'est tellement plus commode d'accepter la facile sollicitude de la cuillère, de l'utiliser pour tourner son café.

Et ce n'est pas si mal au fond que les choses nous retrouvent tous les jours et soient les mêmes. Qu'il y ait la même femme à nos côtés, le même réveil, et que le roman ouvert sur la table se remette en marche sur la bicyclette de nos lunettes. Pourquoi serait-ce mal ? Mais comme un taureau triste il faut baisser la tête, du centre de la brique de verre pousser vers le dehors, vers tout le reste si près de nous, insaisissable, comme le picador si près du taureau. Se punir les yeux en regardant cette chose qui passe dans le ciel et accepte sournoisement son nom de nuage, son modèle catalogué dans la mémoire. Ne crois pas que le téléphone va te donner les numéros que tu cherches. Pourquoi te les donnerait-il ? Il n'arrivera que ce que tu as déjà préparé et résolu, le triste reflet de ton espérance, ce singe qui se gratte sur une table et tremble de froid. Ecrabouille-le ce singe, fonce contre le mur et ouvre une brèche. Oh, comme on chante à l'étage au-dessus ! Il y a un étage au-dessus où vivent des gens qui ignorent leur étage en dessous, et nous sommes tous dans la brique de verre. Mais si soudain une mite se pose au bout de mon crayon et bat comme un feu sous la cendre, regarde-la, moi je la regarde, je palpe son cœur minuscule et je l'entends, cette mite résonne dans la pâte de verre congelé, tout n'est pas perdu. Quand j'ouvrirai la porte, quand je sortirai sur le palier, je saurai qu'en bas commence la rue, non pas le modèle accepté d'avance, non pas les maisons déjà connues, non pas l'hôtel d'en face : la rue, forêt vivante où chaque instant peut me tomber dessus comme une fleur de magnolia, où les visages vont naître de l'instant où je les regarde, lorsque j'avancerai d'un pas, lorsque je me cognerai des coudes, des cils et des ongles à la pâte de verre de la brique et que pas à pas je risquerai ma vie pour aller acheter le journal au kiosque du coin.

Instructions pour pleurer

Laissons de côté les motifs pour ne considérer que la manière correcte de pleurer, étant entendu qu'il s'agit de pleurs qui ne tournent pas au scandale ni n'insultent le sourire de leur parallèle et maladroite ressemblance. Les pleurs moyens ou ordinaires consistent en une contraction générale du visage, en un son spasmodique accompagné de larmes et de morves, celles-ci apparaissant vers la fin puisque les pleurs s'achèvent au moment où l'on se mouche énergiquement.

Pour pleurer, tournez vers vous-même votre imagination et si cela vous est impossible pour avoir pris l'habitude de croire au monde extérieur, pensez à un canard couvert de fourmis ou à ces golfes du détroit de Magellan *où n'entre personne, jamais.*

Les pleurs apparus, on se couvrira par bienséance le visage en se servant de ses deux mains, la paume tournée vers l'intérieur. Les enfants pleureront le bras replié sur le visage et de préférence dans un coin de leur chambre. Durée moyenne des pleurs, trois minutes.

Instructions pour chanter

Commencez par casser tous les miroirs de la maison, laissez pendre vos bras, regardez vaguement le mur, *oubliez-vous*. Chantez une seule note, écoutez à l'intérieur. Si vous entendez (mais cela ne se produira que plus tard) quelque chose comme un paysage plongé dans la peur, avec des feux entre les pierres, avec des silhouettes à demi nues et accroupies, je crois que vous serez sur la bonne voie, de même si vous entendez un fleuve où descendent des barques peintes de jaune et de noir, si vous entendez une saveur de pain, un toucher de doigt, une ombre de cheval.

Après quoi, achetez des partitions, un habit et, de grâce, ne chantez pas du nez et laissez Schumann en paix.

*Instructions-exemples
sur la façon d'avoir peur*

En un certain village d'Ecosse, on vend des livres avec une page blanche glissée au milieu des autres. Si un lecteur débouche sur cette page quand sonnent trois heures, il meurt.

Sur la place du Quirinal à Rome, il y a un point que connaissaient les initiés jusqu'au XIXe siècle et d'où, les jours de pleine lune, on voit bouger lentement les statues des Dioscures luttant avec leurs chevaux cabrés.

A Amalfi, au bout de la côte, il y a une jetée qui s'avance dans la mer et dans la nuit. On y entend aboyer un chien bien au-delà du dernier réverbère.

Un monsieur étale du dentifrice sur sa brosse. Soudain, il voit, couché sur le dos, un minuscule corps de femme, en corail ou peut-être en mie de pain colorée.

En ouvrant l'armoire pour prendre une chemise, tombe un vieux calendrier qui s'effeuille, s'éparpille, couvre le linge de milliers de papillons de papier sali.

On connaît le cas d'un voyageur de commerce qui un jour se mit à souffrir du poignet gauche, juste sous son bracelet-montre. Quand il enleva sa montre, le sang se mit à perler : on voyait la trace de dents très fines.

Le médecin a fini de vous ausculter ; il vous rassure. Sa voix grave et cordiale précède les remèdes qu'il couche sur son ordonnance, assis à son bureau. De temps en temps il lève la tête et sourit pour vous encourager. Ce n'est rien, dans une semaine vous serez d'aplomb. Vous vous enfoncez dans votre fauteuil, béat, et regardez distraitement autour de vous. Soudain, dans la pénombre, sous le bureau, vous apercevez les jambes du médecin. Il a remonté son pantalon jusqu'aux cuisses et porte des bas de femme.

*Instructions
pour comprendre trois tableaux célèbres*

L'AMOUR SACRÉ ET L'AMOUR PROFANE
par Titien

Cette détestable peinture représente une veillée funèbre sur les bords du Jourdain. Rarement la maladresse d'un peintre évoqua avec autant d'abjection les espérances du monde en un messie qui *brille par son absence* ; absent du tableau qui est le monde, il brille horriblement dans le bâillement obscène du sarcophage de marbre, tandis que l'ange chargé de proclamer la résurrection de sa chair patibulaire attend, irréprochable, que les signes s'accomplissent. Il n'est point nécessaire de préciser que l'ange est la figure nue, se prostituant dans sa merveilleuse opulence et qui s'est déguisée en Madeleine, dérision des dérisions alors que la véritable Madeleine avance sur le chemin (où s'enfle d'ailleurs le vénéneux blasphème de deux lapins).

L'enfant qui plonge sa main dans le sarcophage,

c'est Luther, c'est-à-dire le Diable. La femme habillée, a-t-on dit, représente la Gloire à l'instant où elle proclame que toutes les ambitions humaines tiennent dans une cuvette ; mais elle est mal peinte et fait plutôt penser à un artifice de jasmin ou à un éclair de semoule.

LA DAME À LA LICORNE

par Raphaël

Saint-Simon voulut voir dans ce tableau une confession d'hérésie. La licorne, le narval, l'obscène perle du médaillon qui prétend être une poire, et le regard de Maddalena Strozzi fixe terriblement en un point où il doit y avoir des postures lascives ou des flagellations : Raphaël Sanzio a menti ici sa plus terrible vérité.

On a longtemps attribué l'inquiétante couleur verte de la princesse à la gangrène ou au solstice d'été. La licorne, animal phallique, avait dû la contaminer : dans son corps dorment tous les péchés du monde. Par la suite, on vit qu'il suffisait d'enlever les couches de peinture rajoutées par les trois ennemis jurés de Raphaël : Carlos Hog, Vincent Grosjean, appelé « le Marbre », et Rubens le Vieux. La première couche était verte, la deuxième verte et la troisième blanche. Il n'est pas difficile de déceler ici le triple symbole de la phalène mortelle joignant à son corps cadavérique les ailes qui la font se confondre avec les pétales de rose. Combien de fois Maddalena Strozzi a-t-elle coupé une rose blanche et l'a-t-elle sentie gémir entre ses doigts, se débattre et gémir faiblement, comme une petite mandragore ou ces lézards qui chantent comme des lyres quand on leur présente un miroir ? Mais il était trop tard : la phalène l'avait déjà piquée. Raphaël le comprit et la sentit mourir. Pour la peindre avec plus de vérité il ajouta la licorne, symbole de chasteté, agneau et narval à la fois, qui boit dans la main des vierges. Mais c'est la phalène qu'il peignait dans son tableau et cette licorne tue sa maîtresse, elle enfonce dans son sein majestueux sa corne toute travaillée d'impudeur, elle répète l'opération de toute origine. Ce que cette femme tient dans sa main c'est la coupe mystérieuse à laquelle nous avons tous bu sans le savoir, la soif que nous avons calmée à d'autres bouches, le vin rouge et laiteux d'où sortent les étoiles, les vers et les gares de chemin de fer.

PORTRAIT D'HENRY VIII D'ANGLETERRE

par Holbein

On a voulu voir dans ce tableau une chasse à l'éléphant, une carte de la Russie, la constellation de la Lyre, le portrait d'un pape déguisé en

Henry VIII, une tempête dans la mer des Sargasses, ou ce polype doré qui pousse à la latitude de Java et qui sous l'action du citron éternue faiblement et trépasse dans un léger soupir.

Chacune de ces interprétations est exacte quant à la configuration générale du tableau, qu'on le regarde dans le sens où il est suspendu ou la tête en bas ou sur le côté. Les différences se réduisent à des détails. Il reste le centre qui est OR, le chiffre SEPT, l'HUÎTRE décelable dans les parties cordon-chapeau, avec la PERLE-tête (centre irradiant des perles du pays central) et le CRI général intégralement vert qui jaillit de l'ensemble.

Faites cette simple expérience d'aller à Rome et d'appuyer la main sur le cœur du roi, et vous comprendrez la genèse de la mer. Encore plus simple : approchez une bougie allumée à la hauteur de ses yeux, vous verrez alors que *cela n'est pas un visage* et que la lune, aveuglée de simultanéité, court sur un fond de roulettes et de coussinets transparents, décapitée dans le souvenir des hagiographies. Il ne se trompe point celui qui voit dans cette pétrification orageuse un combat de léopards. Mais il y a aussi de lentes dagues d'ivoire, des pages qui se consument d'ennui dans de longues galeries, et un dialogue sinueux entre la lèpre et les hallebardes. Le royaume de l'homme est une page de grimoire mais lui ne le sait pas et joue négligemment avec des gants et de jeunes cerfs. Cet homme qui te regarde revient de l'enfer ; éloigne-toi du tableau et tu le verras sourire peu à peu, parce qu'*il est creux*, il est gonflé d'air, des mains de squelette le soutiennent par-derrière, comme lorsqu'on soulève un château de cartes et que tout se met à trembler. Et sa morale est la suivante : « Il n'y a pas de troisième dimension, la terre est plate, l'homme rampe, alléluia ! » C'est peut-être le diable qui te dit ces choses et peut-être les crois-tu parce que c'est un roi qui te les dit.

Instructions pour tuer des fourmis à Rome

Les fourmis mangeront Rome, c'est écrit. Entre les dalles elles circulent : louve, quelle course de pierres précieuses te coupe la gorge ? Par où s'en vont les eaux des fontaines, les ardoises vives, les camées tremblants qui en pleine nuit murmurent l'histoire, les dynasties et les commémorations ?... Il faudrait trouver le cœur qui fait battre les fontaines pour le protéger des fourmis et organiser dans cette ville de sang debout, de cornes d'abondance dressées comme des mains d'aveugle, un rite de salvation, afin que le futur lime ses griffes sur les collines et se traîne apprivoisé et sans force, sans plus une fourmi.

D'abord on cherchera l'emplacement de toutes les fontaines, ce qui est facile parce que sur les cartes en couleurs, sur les plans gigantesques, les fontaines ont aussi des jets d'eau et des cascades couleur céleste, seulement il les faut bien chercher toutes et les entourer d'une enceinte au crayon bleu, et non pas rouge, car une bonne carte de Rome est rouge comme Rome. Sur le rouge de Rome le crayon bleu tracera une garde violette autour de chaque fontaine, et alors on sera sûr qu'on les a bien toutes et qu'on connaît le feuillage complet des eaux.

Plus difficile, plus secrète, plus recueillie, sera la tâche de perforer la pierre opaque sous laquelle serpentent les veines de mercure, comprendre à force de patience le chiffre de chaque fontaine, monter une garde amoureuse près des vases impériaux jusqu'à ce que, de tant de murmures verts, de tant de gargouillis de fleurs, naissent peu à peu les directions, les confluences, *les autres rues,* les vivantes. Et, sans dormir, les suivre avec des baguettes de coudrier en forme de fourche, de triangle, deux baguettes dans chaque main, une seule soutenue entre deux doigts attentifs, mais tout cela invisible aux carabiniers et à la population aimablement méfiante, traverser le Quirinal, monter au Campidoglio, courir à fond de cris dans le Pincio, terrifier par une apparition immobile comme un globe de feu l'ordre de la Piazza della Essedra et ainsi extraire des sourds métaux du sol la nomenclature des rivières souterraines. Et ne demander d'aide à personne, jamais.

Après, on verra comment dans cette main de marbre écorché les veines errent harmonieusement, par plaisir des eaux, par artifice de jeu, et peu à peu se rapprochent, se fondent, s'enlacent, deviennent artères, se déversent dures sur la place centrale où palpitent le tambour de verre liquide, la racine des dômes pâles, le cheval profond... Et on saura alors dans quelle nappe de voûtes calcaires, parmi de menus squelettes de lémures, le cœur de l'eau marque son temps.

Ce ne sera pas facile à trouver mais on trouvera. Alors on tuera toutes les fourmis qui guettent les fontaines, on incendiera les galeries que ces mineurs horribles tissent pour approcher la vie secrète de Rome. On tuera les fourmis du seul fait d'avoir atteint la source centrale. Et on se sauvera par un train de nuit, fuyant les lamies vengeresses, secrètement heureux, perdu au milieu des soldats et des nonnes.

Instructions pour monter un escalier

Tout le monde a certainement remarqué déjà que le sol parfois se plie de telle façon qu'une partie monte à angle droit avec le plan du parquet et que la partie suivante redevient parallèle à ce premier plan, cela pour donner naissance à une nouvelle perpendiculaire, opération qui se répète en spirale ou en ligne brisée jusqu'à des hauteurs extrêmement variables. En se penchant et en posant la main gauche sur une des parties verticales et la droite sur la partie horizontale correspondante, on est en possession momentanée d'une marche, ou degré. Chacune de ces marches, formée comme on le voit de deux éléments, se situe un peu plus haut et un peu plus avant que la précédente, principe qui donne un sens à l'escalier, vu que toute autre combinaison produirait des formes peut-être plus belles ou plus pittoresques mais incapables de vous transporter d'un rez-de-chaussée à un premier étage.

Les escaliers se montent de face car en marche

arrière ou latérale ce n'est pas particulièrement commode. L'attitude la plus naturelle à adopter est la station debout, bras ballants, tête droite mais pas trop cependant afin que les yeux puissent voir la marche à gravir, la respiration lente et régulière. Pour ce qui est de l'ascension proprement dite, on commence par lever cette partie du corps située en bas à droite et généralement enveloppée de cuir ou de daim et qui, sauf exception, tient exactement sur la marche. Une fois ladite partie, que nous appellerons pied pour abréger, posée sur le degré, on lève la partie correspondante gauche (appelée aussi pied mais qu'il ne faut pas confondre avec le pied mentionné plus haut) et après l'avoir amenée à la hauteur du premier pied, on la hisse encore un peu pour la poser sur la deuxième marche où le pied pourra enfin se reposer, tandis que sur la première le pied repose déjà. (Les premières marches sont toujours les plus difficiles, jusqu'à ce qu'on ait acquis la coordination nécessaire. La coïncidence des noms entre le pied et le pied rend l'explication difficile. Faites spécialement attention à ne pas lever en même temps le pied et le pied.)

Parvenu de cette façon à la deuxième marche, il suffit de répéter alternativement ces deux mouvements jusqu'au bout de l'escalier. On en sort facilement, avec un léger coup de talon pour bien fixer la marche à sa place et l'empêcher de bouger jusqu'à ce que l'on redescende.

Préambule aux instructions
pour remonter une montre

Penses-y bien : lorsqu'on t'offre une montre, on t'offre un petit enfer fleuri, une chaîne de roses, une geôle d'air. On ne t'offre pas seulement la montre, joyeux anniversaire, nous espérons qu'elle te fera de l'usage, c'est une bonne marque, suisse à ancre à rubis, on ne t'offre pas seulement ce minuscule picvert que tu attacheras à ton poignet et promèneras avec toi. On t'offre — on l'ignore, le plus terrible c'est qu'on l'ignore —, on t'offre un nouveau morceau fragile et précaire de toi-même, une chose qui est toi mais qui n'est pas ton corps, qu'il te faut attacher à ton corps par son bracelet comme un petit bras désespéré agrippé à ton poignet. On t'offre la nécessité de la remonter tous les jours, l'obligation de la remonter pour qu'elle continue à être une montre ; on t'offre l'obsession de vérifier l'heure aux vitrines des bijoutiers, aux annonces de la radio, à l'horloge parlante. On t'offre la peur de la perdre, de te la faire voler, de la laisser tomber et de la casser. On t'offre sa marque, et l'assurance que c'est une marque meilleure que les autres, on t'offre la tentation de comparer ta montre aux autres montres. On ne t'offre pas une montre, c'est toi le cadeau, c'est toi qu'on offre pour l'anniversaire de la montre.

Instructions pour remonter une montre

Là-bas au fond il y a la mort, mais n'ayez pas peur. Tenez la montre d'une main, prenez le remontoir entre deux doigts, tournez-le doucement. Alors s'ouvre un nouveau sursis, les arbres déplient leurs feuilles, les voiliers courent des régates, le temps comme un éventail s'emplit de lui-même et il en jaillit l'air, les brises de la terre, l'ombre d'une femme, le parfum du pain.

Que voulez-vous de plus ? Attachez-la vite à votre poignet, laissez-la battre en liberté, imitez-la avec ardeur. La peur rouille l'ancre, toute chose qui eût pu s'accomplir et fut oubliée ronge les veines de la montre, gangrène le sang glacé de ses rubis. Et là-bas dans le fond, il y a la mort si nous ne courons pas et n'arrivons avant et ne comprenons pas que cela n'a plus d'importance.

Occupations bizarres

Simulacres

Nous sommes une drôle de famille. Dans un pays où les choses ne se font que par obligation ou forfanterie, nous aimons les occupations libres, le travail qui nous chante, les simulacres qui ne mènent à rien.

Nous avons un défaut : nous manquons d'originalité. Presque tout ce que nous décidons de faire est inspiré — disons-le carrément, copié — de modèles célèbres. Si nous apportons quelque nouveauté c'est qu'elle était inévitable : les anachronismes ou les surprises, les scandales. L'aîné de mes oncles dit que nous sommes en quelque sorte un double au carbone identique à l'original mais autre papier, autre couleur, autre finalité. Ma sœur cadette se compare au rossignol mécanique d'Andersen : son romantisme frise la nausée.

Nous sommes nombreux et nous habitons rue Humboldt.

Nous faisons des choses mais c'est difficile à raconter parce qu'il y manquera toujours l'essentiel : notre ardeur à faire ces choses, notre attente, les surprises bien plus importantes que les résultats, les échecs qui font s'écrouler toute la famille et provoquent, plusieurs jours durant, lamentations et fous rires. Raconter ce que nous faisons c'est à peine une façon de boucher les trous inévitables car parfois nous sommes malades ou fauchés ou en taule, parfois l'un de nous meurt ou, bien qu'il m'en coûte de le dire, trahit, renonce, et entre à la Perception. Mais il ne faudrait pas en conclure que nos affaires vont mal pour autant ou que nous sommes mélancoliques. Nous habitons un quartier populaire, celui du Pacífico, et nous faisons des choses chaque fois que nous le pouvons. Nous sommes plusieurs à avoir des idées et à vouloir les mettre en pratique. C'est comme pour l'échafaud, nul n'est d'accord à ce jour sur l'origine de l'idée, ma sœur la petite cinquième affirme que c'est un de mes cousins germains, tous assez portés sur la philosophie, mais l'aîné de mes oncles soutient que c'est lui, après avoir lu un roman de cape et d'épée. Au fond, ça nous est bien égal, l'important c'est de faire des choses et je ne les raconterais même pas s'il n'y avait, si près de moi, la pluie de cet après-midi vide.

Devant la maison il y a un jardin, chose rare rue Humboldt. Il n'est pas plus grand qu'une cour mais il a l'avantage d'être trois marches au-dessus du trottoir, ce qui lui donne une allure avantageuse de plate-forme, lieu rêvé pour un échafaud. Comme la grille est en fer, on peut travailler sans que les passants viennent pour ainsi dire mettre le nez dans nos affaires. Ils peuvent s'arrêter devant la grille et rester là des heures s'ils veulent, ça ne nous gêne pas. « Nous commencerons à la pleine lune », décida mon père. Dans la journée nous allions chercher des poutres, des planches et des fers aux chantiers de l'avenue Juan B. Justos et mes sœurs, elles, restaient à la maison pour répéter le hurlement des loups, la plus jeune de mes tantes ayant soutenu que les échafauds attirent les loups et les font hurler à la lune. Mes cousins, eux, avaient mission de s'approvisionner en clous et en outils. L'aîné de mes oncles dessinait des plans et discutait avec ma mère et mon plus jeune oncle de la forme et de la variété des instruments de supplice. Je me rappelle la fin de la discussion : ils se décidèrent austèrement pour une plate-forme assez haute sur laquelle se dresseraient une potence et une roue, plus un espace libre entre les deux pour torturer ou décapiter, selon le cas. L'aîné de mes oncles trouvait ça miteux, lamentable à côté de son idée première, mais les dimensions du jardin et le coût des matériaux limitent toujours les ambitions de la famille.

Nous commençâmes la construction un dimanche après-midi après les ravioli. Bien que nous ne nous soyons jamais souciés de ce que peuvent penser les voisins, il était clair que les quelques badauds qui s'arrêtaient devant la grille croyaient que nous allions construire une ou deux pièces pour agrandir la maison. Le premier à s'étonner fut don Cresta, le petit vieux d'en face, qui vint nous demander pourquoi nous installions une pareille plate-forme. Mes sœurs se rassemblèrent dans un coin du jardin et se mirent à hurler en chœur. Des curieux accoururent mais nous continuâmes imperturbables à travailler jusqu'au soir, jusqu'à ce que nous ayons achevé la plate-forme et les deux escaliers (l'un pour le condamné, l'autre pour le prêtre qui ne doivent pas monter ensemble). Le lundi, une partie de la famille s'en fut à ses occupations et emplois respectifs, puisqu'il faut bien mourir de quelque chose, et les autres se mirent en devoir de dresser la potence tandis que l'aîné de mes oncles feuilletait des gravures anciennes pour la roue. Son idée était de placer la roue en haut d'une perche un peu irrégulière, un tronc de peuplier bien ébranché, par exemple. Pour lui complaire, mon frère cadet et mes cousins germains partirent avec la camionnette à la recherche d'un peuplier ; entre-temps, l'aîné de mes oncles et ma mère ajustaient les rayons au moyeu de la roue et moi je préparais le cercle de fer. On commençait à s'amuser ferme, ça tapait dans tous les coins, mes sœurs hurlaient dans la maison, les voisins s'attroupaient sur le trottoir en faisant des commentaires tandis que sur le fond mauve et garance du crépuscule se profilait peu à peu la potence et que le plus jeune de mes oncles montait à califourchon sur la traverse pour fixer le crochet et passer le nœud coulant.

Arrivés à ce point des choses, les gens de la rue ne pouvaient pas ne pas comprendre ce que nous préparions, et un chœur de protestations et de menaces vint nous encourager agréablement à couronner notre labeur par l'érection de la roue. Quelques insensés prétendirent empêcher mon frère cadet et mes cousins de faire entrer dans le jardin le magnifique tronc de peuplier qu'ils rapportaient sur la camionnette. Une lutte s'engagea qui fut gagnée pied à pied par la famille au grand complet qui, tirant rythmiquement sur le tronc, réussit à l'amener dans la cour en même temps qu'un enfant en bas âge pris dans les racines. Mon père en personne rendit l'enfant à ses parents exaspérés en le faisant passer poliment par-dessus la grille et, tandis que l'attention était détournée par ces péripéties sentimentales, l'aîné de mes oncles, aidé de mes cousins germains, ajustait la roue en haut du tronc et ils se mettaient en devoir de la dresser. La police arriva au moment où la famille réunie sur la plate-forme se félicitait du bon aspect de l'échafaud. Seule une de mes sœurs cadettes était restée près de la porte et c'est elle qui eut à s'expliquer avec le commissaire ; elle n'eut pas de mal à le convaincre que nous réalisions à l'intérieur de notre propriété une œuvre à laquelle l'usage seul pouvait conférer un caractère anticonstitutionnel et que les protestations des voisins étaient filles de la haine et fruits de l'envie. La tombée de la nuit nous épargna d'autres pertes de temps.

Nous dînâmes sur la plate-forme, à la lumière d'une lampe à acétylène, surveillés par une centaine de voisins hargneux. Jamais le cochon de lait sauce piquante ne nous parut plus exquis, ni plus doux et plus noir le vin rouge. Un petit vent tiède berçait doucement la corde de la potence ; une ou deux fois la roue grinça comme si les corbeaux s'étaient déjà perchés dessus pour se repaître. Les badauds s'en furent un à un en proférant de vagues menaces ; il en resta cependant une trentaine accrochés au portail et qui semblaient attendre quelque chose. Après le café nous éteignîmes la lampe pour faire place à la lune qui montait au-dessus des balustres de la terrasse, mes sœurs se mirent à hurler et mes cousins et mes oncles parcoururent lentement la plate-forme en faisant résonner le plancher sous leurs pas. Dans le silence qui suivit, la lune arriva à hauteur du nœud coulant et un nuage à bords argentés sembla se poser sur la roue. Nous les contemplions, heureux que ça faisait plaisir à voir, mais les voisins à la grille murmuraient, comme au bord d'une déception. Ils allumèrent des cigarettes et s'en furent les uns en pyjama, les autres plus lentement. Il ne resta plus que la rue, un coup de sifflet du veilleur de nuit au loin et le 108 qui passait de temps en temps ; nous, nous étions allés dormir et nous rêvions de fêtes, d'éléphants et de robes de soie.

Etiquette et protocole

J'ai toujours pensé que le trait distinctif de notre famille était la mesure et la retenue. Nous poussons la pudeur à des extrêmes incroyables, aussi bien dans notre façon de manger et de nous habiller que de nous exprimer et de monter en tramway. Les surnoms, par exemple, qui se distribuent avec une telle facilité dans ce quartier du Pacífico, sont pour nous un motif de réflexion, de recherche et même d'inquiétude. Il nous semble qu'on ne peut à la légère attribuer à quelqu'un un surnom qu'il devra assimiler et porter toute sa vie. Les dames de la rue Humboldt appellent leur garçon Toto, Coco ou Bébé et leur fille Pépé, Lulu ou Zizi, mais chez nous ce genre de diminutifs n'a pas cours et moins encore ceux, terriblement recherchés et m'as-tu-vu, comme P'tit Sou, Brise-Fer ou Traîne-Patte qui abondent du côté des rues Godoy Cruz et Paraguay. Comme preuve du soin que nous apportons à ces choses, il me suffira de citer le cas de la plus jeune de mes tantes. Bien que la sachant dotée d'un derrière imposant, nous ne nous serions pas permis de céder à la tentation des sobriquets habituels : ainsi, au lieu de l'affubler du surnom brutal d'Amphore Etrusque, nous avons préféré d'un commun accord celui plus décent et familier de Grosses-Miches. Nous procédons toujours avec le même tact, même si nous avons fort à faire parfois pour convaincre parents et amis qui s'en tiennent aux diminutifs traditionnels et n'en veulent pas démordre. Le plus jeune de mes cousins qui avait décidément une grosse tête, on s'est toujours refusé à l'appeler du nom d'Atlas que lui avait donné la bande du quartier et on a choisi le surnom de Citrouille, autrement délicat. Et ainsi de suite.

Je voudrais préciser toutefois que nous n'agissons pas ainsi pour nous distinguer du reste du quartier. Nous voudrions simplement modifier, progressivement et sans vexer personne, les routines et les traditions. Nous n'aimons la vulgarité sous aucune de ses formes et il suffit que l'un de nous entende à la cantine des phrases comme : « Ce fut un match des plus mouvementés », ou « Les buts de Faggioli furent précédés d'un remarquable travail d'infiltration préliminaire de l'avant-centre », pour qu'immédiatement nous reprenions en des termes plus châtiés et plus adaptés à la circonstance : « Y a eu de la bagarre, j'te dis que ça » ou « D'abord on te les contourne et après on leur fonce dedans ». Les gens nous regardent surpris mais par la suite il s'en trouve toujours un pour profiter de la leçon cachée dans ces phrases choisies. L'aîné de mes oncles qui lit les auteurs argentins dit qu'on devrait faire la même chose avec plusieurs d'entre eux mais il n'a pas donné d'autres explications. Dommage.

Postes et Télécommunications

Une fois qu'un de nos lointains parents était devenu ministre, on en avait profité pour faire nommer une bonne partie de la famille au bureau de poste de la rue Serrano. Evidemment, ça n'a pas duré longtemps. Sur les trois jours qu'on y est restés, on en a passé deux à s'occuper du public avec un empressement si extraordinaire que ça nous a valu la visite stupéfaite d'un inspecteur de la Poste centrale et un entrefilet élogieux dans *La Razón*. Le troisième jour, on était assurés de notre popularité car les gens venaient d'autres quartiers pour expédier leur courrier et envoyer des mandats à Purnamarca ou autres endroits aussi absurdes. C'est alors que l'aîné de mes oncles donna le feu vert et que la famille put enfin agir selon ses plus chers principes et préférences. Au guichet des affranchissements, ma sœur cadette offrait un ballon rose à tout acheteur de timbres. La première a en recevoir un fut une grosse dame qui en resta clouée sur place, son ballon d'une main et son timbre déjà léché qui se recroquevillait lentement au bout d'un doigt. Un jeune homme chevelu refusa tout net son ballon et ma sœur lui dit vertement son fait tandis que dans la queue chacun donnait son avis sur l'affaire. Au guichet d'à côté où des provinciaux s'obstinaient follement à envoyer tout ou partie de leur salaire à leur famille lointaine, on distribuait des petits verres de Cinzano avec parfois des rondelles de saucisson, le tout aux frais de mon père qui, cependant, déclamait à tue-tête les meilleurs conseils de la sagesse du gaucho. Entre-temps, mes frères, responsables du guichet des recommandés, badigeonnaient les paquets de goudron et les plongeaient ensuite dans un seau plein de plumes. Puis ils les présentaient à l'expéditeur estomaqué et leur faisaient remarquer quel plaisir aurait le destinataire à recevoir des paquets ainsi agrémentés. « Et sans ficelle apparente, disaient-ils. Pas de papier collant si vulgaire, et on dirait que le nom du destinataire est blotti sous l'aile d'un cygne, regardez. » Il faut bien dire qu'ils n'étaient pas tous enchantés.

Lorsque les badauds et la police envahirent les locaux, ma mère mit le point final de charmante façon en faisant voler sur le public une nuée de flèches de toutes les couleurs confectionnées à partir des formulaires de télégrammes, mandats et lettres recommandées. Nous entonnâmes l'hymne national et nous nous retirâmes en bon ordre ; je vis pleurer une petite fille qui était la troisième au guichet des affranchissements et qui comprenait fort bien que c'était cuit pour les ballons roses.

Perte et récupération du cheveu

Afin de lutter contre le pragmatisme et l'horrible tendance à la poursuite des fins utiles, l'aîné de mes cousins préconise le procédé suivant : s'arracher un beau cheveu, faire un nœud en son milieu et le laisser tomber délicatement dans le trou du lavabo. Si le cheveu s'accroche à la grille habituellement sertie dans ledit orifice, il suffit d'ouvrir un peu le robinet pour qu'il disparaisse à la vue.

Sans perdre un instant, il faut se mettre à l'œuvre pour récupérer le cheveu. La première opération se borne au démontage du siphon du lavabo pour voir si le cheveu n'est pas resté accroché à une rugosité du tuyau. S'il n'y est pas, il faut ouvrir la section du tuyau qui va du siphon au conduit de descente principal. C'est là à coup sûr que vont apparaître de nombreux cheveux et il faudra compter sur l'aide de toute la famille pour les examiner un à un et rechercher le nœud. S'il n'apparaît point, un problème intéressant se posera, celui de pouvoir démolir le conduit jusqu'au rez-de-chaussée. Cela impliquera bien entendu des sacrifices car pendant huit ou dix ans il faudra travailler dans un ministère ou dans une maison de commerce pour réunir la somme nécessaire à l'achat des quatre appartements sis au-dessous de celui de mon cousin. Et pendant tout ce temps nous aurons sans cesse en tête l'idée angoissante que le cheveu n'est peut-être plus dans le tuyau et qu'il faudrait un hasard bien improbable pour qu'il soit resté accroché à quelque écaille de rouille.

Viendra le jour où nous pourrons casser les tuyaux de tous les appartements et, des mois durant, nous vivrons environnés de bassines et autres récipients pleins de cheveux mouillés ainsi que d'assistants et de mendiants que nous paierons généreusement pour qu'ils recherchent, séparent, classent et nous apportent tout ce qui peut être cheveu afin de parvenir à la certitude désirée. Si le cheveu n'apparaît point encore, nous nous engagerons alors dans une étape beaucoup plus vague et compliquée parce que la section suivante nous mène aux grands cloaques de la ville. Après avoir acheté un habit spécial, nous apprendrons à nous glisser sous les voûtes d'égout aux heures avancées de la nuit, armés d'une lanterne puissante et d'un masque à oxygène, et nous explorerons les galeries, petites et grandes, aidés si possible d'individus de la pègre avec qui nous nous serons mis en relation et à qui nous devrons donner une bonne partie de l'argent que nous gagnons le jour dans un ministère, ou dans une maison de commerce.

Très fréquemment, nous aurons l'impression d'être parvenus au bout de nos peines parce que nous trouverons ou qu'on nous apportera des cheveux semblables à celui que nous cherchons ; mais comme on ne connaît aucun cas de cheveu qui ait un nœud en son milieu sans l'intervention d'une main humaine, nous finirons presque toujours par constater que le nœud en question est un simple grossissement du cheveu ou un dépôt de silicate ou d'oxyde quelconque occasionné par un séjour prolongé sur une surface humide. Il est probable que nous avancerons ainsi à travers diverses galeries petites et grandes jusqu'à l'endroit où plus personne ne voudra pénétrer : le grand collecteur qui va droit au fleuve, l'affluent torrentiel des détritus, celui dans lequel aucun argent, aucune barque, aucune complicité ne nous permettraient de continuer nos recherches.

Mais avant cela, et peut-être même bien avant, à quelques centimètres du lavabo par exemple, à la hauteur de l'appartement du second ou dans le premier raccord souterrain, il peut se faire que nous trouvions le cheveu. Il suffit de penser à la joie que cela nous donnerait, au calcul éblouissant des efforts épargnés par pure chance, pour justifier, pour recommander, pour exiger même la propagation de cet exercice que tout maître scrupuleux devrait conseiller à ses élèves dès leur plus tendre enfance au lieu de leur dessécher l'esprit avec la règle de trois ou le désastre d'Azincourt.

Tante en difficulté

Pourquoi donc notre tante a-t-elle si grand-peur de tomber en arrière ? Cela fait des années que la famille essaie de la guérir de son obsession, mais il nous faut bien avouer un insuccès total. Nous avons beau dire et faire, notre tante a peur de tomber sur le dos et son innocente manie nous dérange tous, à commencer par mon père qui l'accompagne partout fraternellement et surveille le carrelage pour que Tante puisse avancer sans souci, tandis que ma mère s'évertue à balayer la cour plusieurs fois par jour, que mes sœurs ramassent leurs balles de tennis, que mes cousins effacent toute trace imputable aux chiens, chats, tortues et poules qui prolifèrent dans la maison. Mais cela ne sert à rien, Tante ne se résout à traverser les pièces qu'après mille hésitations, interminables prospections oculaires et remontrances emportées à tout enfant qui s'aviserait de passer à ce moment-là. Après quoi, elle s'ébranle, appuyant d'abord un pied et l'agitant comme un boxeur dans la caisse de résine, puis l'autre, transportant ainsi son corps en une progression qui dans notre enfance nous paraissait majestueuse, et mettant plusieurs minutes pour aller d'une porte à l'autre. C'est quelque chose d'horrible.

Ma famille a essayé plusieurs fois de faire s'expliquer Tante sur cette peur de tomber sur le dos. La première fois nous fûmes reçus par un silence à couper à la faux ; mais un soir, après son petit verre de liqueur à l'orange, Tante consentit à insinuer que si elle tombait sur le dos elle ne pourrait plus se relever. A l'observation élémentaire que trente-deux membres de la famille étaient tout prêts à se précipiter à son secours, elle répondit par un regard languissant et ce seul mot : « N'empêche. » Quelques jours plus tard, le soir, mon frère aîné m'appela à la cuisine et me montra sous l'évier un cafard tombé sur le dos. Sans rien dire nous assistâmes à ses vains et terribles efforts pour se remettre d'aplomb tandis que d'autres cafards, malgré leur peur de la lumière, circulaient dans le coin et frôlaient celui qui gisait en position de décubitus dorsal. Nous allâmes nous coucher avec une certaine tristesse et, pour une raison ou pour une autre, plus personne n'interrogea Tante là-dessus ; nous nous bornâmes à lui faciliter les choses dans la mesure du possible, en l'accompagnant partout, en lui donnant le bras et en lui achetant quantité de chaussures à semelles anti-dérapantes et autres dispositifs stabilisateurs. Et la vie continua ainsi, pas pire que bien d'autres après tout.

Tante expliquée ou pas

Mes quatre cousins germains s'adonnent tous, plus ou moins, à la philosophie. Ils lisent des livres, ils discutent entre eux et sont admirés de loin par le reste de la famille, fidèle au principe de ne pas se mêler des affaires des autres, quitte à les aider dans la mesure du possible. Ces garçons qui ont droit à tout mon respect, se sont posé plus d'une fois le problème de la peur de ma tante et sont parvenus à des conclusions obscures mais peut-être à considérer. Comme il arrive généralement en pareil cas, c'était Tante la moins informée de ces conciliabules qui eurent cependant pour résultat d'accroître encore la déférence de la famille envers elle. Pendant des années nous avons accompagné Tante dans ses vacillantes expéditions du salon à l'entrée, de la chambre à la salle de bains, de la cuisine à l'office. Il ne nous a jamais paru absurde qu'elle se couchât sur un côté et observât toute la nuit l'immobilité la plus absolue, les jours pairs sur le côté droit et impairs sur le côté gauche. Quand elle s'asseyait sur les chaises de la cour ou de la salle à manger, Tante restait très droite ; elle n'aurait accepté pour rien au monde le confort d'un rocking-chair ou d'une bergère. La nuit du spoutnik, toute la famille l'a passée couchée sur le dos sur la terrasse mais Tante est restée assise et le lendemain elle a eu un torticolis carabiné. Peu à peu nous nous sommes convaincus du bien-fondé de son attitude et aujourd'hui nous y sommes résignés. Nos cousins germains nous y aident en faisant allusion au problème avec des regards de connivence et en disant des choses comme : « Elle a raison. » Mais pourquoi ? Nous n'en savons rien et eux ne veulent pas nous expliquer. Pour moi, par exemple, être sur le dos me paraît une position infiniment commode. Tout le corps pèse également sur le matelas ou sur les dalles de la terrasse, on sent les talons, les mollets, les cuisses, les fesses, le râble, les omoplates, les bras et la nuque qui répartissent le poids du corps en le diffusant pour ainsi dire dans le sol, ils le rapprochent en douceur et tout naturellement de cette surface qui nous attire voracement et semble vouloir nous avaler. C'est curieux que la position sur le dos me paraisse à moi la plus naturelle qui soit. Parfois, je me demande si ce n'est pas à cause de ça que Tante l'a en horreur. Moi, je la trouve parfaite et je crois qu'au fond c'est la plus commode. Oui, j'ai bien dit, au fond, très au fond, et sur le dos. Cela me fait même un peu peur, quelque chose que je n'arrive pas à expliquer. Comme j'aimerais être comme ma tante et comme cela m'est impossible.

Les pose-tigres

Bien avant de mettre notre idée à exécution nous savions que la pose des tigres suscitait un double problème sentimental et moral. Le premier concernait plutôt le tigre lui-même que sa pose, dans la mesure où ces félins n'apprécient guère le fait d'être posés et rassemblent toute leur énergie, qui est énorme, pour y résister. Convenait-il, dans ces circonstances, de braver la nature desdits animaux ? Mais cette question nous amenait au plan moral où toute action peut être cause ou effet de splendeur ou d'infamie. Le soir, dans notre petite maison de la rue Humboldt, nous méditions devant nos bols de riz et nous oubliions de les saupoudrer de cannelle et de sucre. Nous n'étions pas vraiment sûrs de pouvoir poser un tigre et cela nous chagrinait.

Nous finîmes par décider d'en poser un quand même à la seule fin de voir jouer le mécanisme dans toute sa complexité, on évaluerait plus tard les conséquences. Je ne parlerai pas ici de l'obtention du premier tigre. Ce fut une tâche subtile et pénible, une course de consulat en droguerie, une trame compliquée de billets d'avion, passeports et manipulations de dictionnaire. Un soir, mes cousins revinrent couverts de teinture d'iode : c'était le succès. On a fêté ça au gros rouge et ma sœur cadette a fini par desservir la table avec un râteau. Dans ce temps-là, nous étions plus jeunes.

Maintenant que l'expérience a donné les résultats que l'on sait, je peux fournir des détails sur la pose du tigre. Le plus difficile est peut-être bien tout ce qui concerne l'ambiance car il faut une pièce avec un minimum de meubles, chose rare rue Humboldt. On place au centre le dispositif suivant : deux planches croisées, une paire de baguettes élastiques et plusieurs jattes de lait et d'eau. Poser le tigre n'est pas tellement difficile, bien que l'opération puisse échouer et qu'il faille la recommencer ; la vraie difficulté se situe au moment où, une fois posé, le tigre reprend sa liberté et choisit de l'exercer de plusieurs façons possibles. Pendant cette phase que j'appellerai intermédiaire, les réactions de ma famille sont fondamentales : tout dépend de la façon dont se conduisent mes sœurs, de l'habileté de mon père à reposer le tigre en en tirant le meilleur parti possible comme un potier son argile. La moindre erreur et ce serait la catastrophe, les fusibles sautés, le lait renversé, l'horreur de deux yeux phosphorescents rayant les ténèbres, les ruisseaux tièdes à chaque coup de griffe ; je me refuse même à l'imaginer puisque nous avons jusqu'alors posé le tigre sans conséquence fâcheuse. Le dispositif mis en place aussi bien que les différentes fonctions qui nous sont dévolues, depuis le tigre jusqu'à mes petits cousins, semblent efficaces et s'articulent harmonieusement. Pour nous, le fait en soi de poser le tigre n'est pas ce qui importe mais plutôt que la cérémonie se déroule sans heurt jusqu'au bout. Il faut que le tigre accepte d'être posé ou le soit de telle façon que son refus ou son acceptation n'ait plus d'importance. A certains moments, qu'on aurait la tentation d'appeler cruciaux — soit à cause de la position des planches, soit par simple lieu commun —, la famille se sent prise d'une exaltation extraordinaire, ma mère ne cache pas ses larmes et mes cousins germains croisent et décroisent convulsivement leurs doigts. Poser le tigre, cela participe de la rencontre totale, de l'alignement face à un absolu ; l'équilibre dépend de si peu et nous le payons un si haut prix que les brefs instants qui suivent la pose et qui décident de sa perfection nous ravissent, emportent la tigrité et l'humanité en un seul mouvement immobile qui est vertige, pause et arrivée. Il n'y a pas de tigre, il n'y a pas de famille, il n'y a pas de pose. Impossible de savoir ce qu'il y a : un tremblement qui ne vient pas de la chair, un temps central, une colonne de contact. Après quoi nous allons tous dans la véranda et nos tantes apportent la soupe comme si quelque chose chantait, comme si nous allions à un baptême.

*De la conduite à adopter
dans les veillées funèbres*

On n'y va pas pour l'anisette ni parce qu'il faut y aller. Vous l'avez deviné : on y va parce qu'on ne peut pas supporter les formes les plus sournoises de l'hypocrisie. L'aînée de mes petites cousines se charge de vérifier la nature du deuil et, s'il est véritable, si l'on y pleure parce que c'est la seule chose qui leur reste à ces hommes et à ces femmes parmi l'odeur des nards et du café, alors nous restons chez nous et on pense à eux mais de loin. Tout au plus ma mère y passe un moment pour présenter ses condoléances au nom de la famille. Nous n'aimons pas nous interposer insolemment dans ce dialogue avec l'ombre. Mais si, de la calme investigation de ma cousine, il ressort qu'en quelque véranda on s'apprête à essuyer les larmes de crocodile, alors la famille se met sur son trente et un, attend que la veillée soit à point et arrive peu à peu, mais inexorablement.

Dans le quartier du Pacífico, les choses se passent presque toujours dans une cour avec pots de fleurs et musique de radio. A cette occasion, les voisins condescendent à éteindre leur poste et il ne reste plus que les parents et les pots de géranium alternant le long des murs. Nous arrivons seuls ou par deux, nous saluons la famille que l'on reconnaît facilement car ils se mettent à pleurer dès que quelqu'un entre, et nous allons nous incliner devant le défunt, escortés par un proche parent. Une ou deux heures plus tard, la famille au grand complet est sur les lieux, mais, quoique les voisins nous connaissent fort bien, nous faisons comme si nous étions venus chacun de notre côté et nous ne nous parlons guère. Une méthode précise ordonne chacun de nos actes, détermine les interlocuteurs avec lesquels on devise dans la cuisine, sous l'oranger, dans les chambres, dans le couloir, et avec qui, de temps en temps, on fait le tour du pâté de maisons pour discuter politique ou sport. Cela ne nous prend pas longtemps de sonder les sentiments véritables des plus proches parents, à coups de petits verres d'eau-de-vie, de maté sucré, de cigarettes qui servent de pont aux confidences ; avant minuit, nous savons à quoi nous en tenir et nous pouvons agir sans remords. C'est généralement ma plus jeune sœur qui se charge de la première escarmouche ; adroitement placée au pied du cercueil, un mouchoir mauve sur les yeux, elle se met à pleurer d'abord en silence et en trempant tellement son mouchoir qu'on n'en revient pas, puis avec des hoquets et des sanglots et, finalement, elle est prise d'une terrible crise de larmes qui oblige les voisines à la conduire sur le lit préparé pour ces cas d'urgence, à la consoler et à lui faire respirer de l'eau de fleur d'oranger, tandis que d'autres voisines s'occupent des proches parents brusquement contaminés par cette crise. Pendant un moment il y a un attroupement devant la porte de la chambre mortuaire, questions et réponses à voix basse, haussements d'épaules de la part des voisins. Epuisés par un effort qui a mobilisé toutes leurs énergies, les parents faiblissent dans leurs démonstrations et c'est à ce moment-là que nos petites cousines démarrent, elles pleurent sans affectation, sans cris mais d'une façon si bouleversante que les parents et voisins sont repris d'émulation, comprenant qu'il n'est pas possible de rester là à se reposer bien tranquillement tandis que des voisins, et même pas des plus proches, se désolent pareillement, et ils se joignent à nouveau à la plainte générale, de nouveau il faut faire place sur les lits, éventer de vieilles dames, déboutonner le col de vieux messieurs congestionnés. Mes frères et moi attendons généralement ce moment-là pour entrer dans la chambre mortuaire et nous placer près du cercueil. Aussi étrange que cela paraisse, nous sommes réellement affligés, nous ne pouvons jamais entendre pleurer nos sœurs sans qu'une angoisse infinie nous étreigne le cœur et nous rappelle des choses de l'enfance, les terrains vagues près de Villa Albertina, un tramway qui grinçait en prenant le virage de la rue Général-Rodriguez à Banfield, des machins comme ça, toujours tellement tristes. Il nous suffit alors de voir les mains croisées du défunt pour que les larmes nous montent soudain aux yeux et nous obligent à nous cacher le visage. Et nous voilà cinq à pleurer pour de bon tandis que les parents reprennent désespérément leur souffle pour être à la hauteur, se rendant compte qu'ils doivent, coûte que coûte, démontrer que cette veillée est bien la leur, qu'eux seuls ont le droit de pleurer pareillement dans cette maison. Mais ils sont peu nombreux et ils mentent (c'est l'aînée de mes petites cousines qui nous l'a dit et cela nous redonne des forces). En vain ils accumulent hoquets et pâmoisons, en vain les voisins les plus secourables leur prodiguent-ils de bonnes paroles et des conseils tout en les emmenant ou ramenant pour qu'ils se reposent ou reprennent le combat. Mes parents et l'aîné de mes oncles se présentent pour la relève, il y a quelque chose qui impose le respect dans la douleur de ces vieillards qui, pour veiller le défunt, sont venus de la rue Humboldt, à plus de cinq cents mètres de là à partir du coin de la rue. Les voisins les plus logiques avec eux-mêmes commencent à perdre pied, laissent tomber la famille et vont à la cuisine boire un verre et commenter les événements. Certains parents, exténués par une heure et demie de pleurs soutenus, dorment avec des râles. Nous nous relayons en bon ordre mais sans que la chose paraisse concertée ; avant six heures du matin nous sommes les maîtres incontestés de la veillée funèbre. La plupart des voisins sont rentrés chez eux dormir, les parents gisent en différentes postures et degrés de bouffissure, l'aube naît dans la cour. C'est l'heure où mes tantes composent d'énergiques casse-croûte dans la cuisine, nous buvons du café brûlant, nous nous regardons l'œil brillant quand nous nous croisons dans le couloir ou dans les chambres : on dirait des fourmis qui vont et viennent, se frottant les antennes au passage. Lorsque arrive le corbillard, toutes les dispositions sont prises, mes sœurs amènent les parents dire adieu au défunt avant la fermeture du cercueil, elles les soutiennent et les réconfortent tandis que mes cousines et mes frères s'avancent dans la chambre, abrègent le dernier adieu, les délogent et restent seuls avec le mort. Fourbus, égarés, comprenant vaguement mais incapables de réagir, les parents se laissent manipuler, boivent tout ce qu'on approche de leurs lèvres et répondent par de vagues protestations inconsistantes à toutes les attentions de mes cousines et de mes sœurs. Quand il est l'heure de partir et que la maison est pleine de famille et d'amis, une organisation invisible mais sans faille décide de chaque mouvement, l'employé des pompes funèbres reçoit les ordres de mon père, la levée du corps se fait suivant les indications de mon oncle. Parfois, des parents arrivés à la dernière minute essaient aigrement de faire valoir leurs droits mais les voisins, convaincus désormais que tout est bien dans l'ordre des choses, les regardent d'un air scandalisé et les forcent à se taire. Mes parents et mes oncles s'installent dans la première voiture du cortège, mes frères et mes cousines condescendent à prendre quelques parents dans la troisième où ces dernières se sont installées drapées dans de grands fichus noirs et violets. Le reste monte où il peut et il s'est même vu des parents forcés de prendre un taxi. Et si quelqu'un, revigoré par l'air matinal et la longueur du trajet, essaie de reconquérir du terrain au cimetière, amère est sa déconvenue. A peine le cortège arrive-t-il à l'entrée que mes frères entourent l'orateur désigné par la famille ou les amis du défunt, facilement reconnaissable à son air de circonstance et aux feuillets qui gonflent sa poche. Ils lui serrent la main, trempent de larmes les revers de sa veste et l'orateur ne peut empêcher l'aîné de mes oncles de monter sur l'estrade et de prononcer une oraison qui est toujours un modèle de vérité et de mesure. Cela dure trois minutes, il parle exclusivement du défunt, il exalte ses vertus et signale ses défauts en termes d'une simple humanité ; il est profondément ému et a parfois du mal à terminer. A peine est-il descendu de l'estrade que mon frère aîné y monte et se charge du panégyrique au nom du voisinage tandis que le voisin qui devait le faire essaie de se frayer un passage parmi mes cousines et mes sœurs qui pleurent pendues à son gilet. Un geste affable mais impérieux de mon père mobilise le personnel des pompes funèbres. Le catafalque s'ébranle lentement et les orateurs officiels restent au pied de l'estrade, se regardant et pétrissant leurs feuillets de leurs mains moites. Généralement, nous ne prenons pas la peine d'accompagner le défunt jusqu'à son caveau ou tombe, nous faisons demi-tour et sortons tous ensemble en commentant les épisodes de la veillée. De loin, nous voyons les parents courir désespérément pour attraper les cordons du poêle et se disputer avec les voisins qui s'en sont emparés et préfèrent les tenir plutôt que de les laisser tenir par les parents.

Matière plastique

Travail de bureau

Ma fidèle secrétaire est de celles qui prennent leur rôle au pied de la lettre et l'on sait bien que cela signifie passer de l'autre côté, envahir des territoires, plonger les cinq doigts dans le verre de lait pour en retirer un malheureux petit cheveu.

Ma fidèle secrétaire s'occupe ou voudrait s'occuper de tout dans mon bureau. Nous passons la journée à nous livrer une cordiale bataille de zones d'influence, un souriant échange d'attaques, contre-attaques, d'assauts et de retraites, d'emprisonnements et rançons. Mais elle a temps pour tout, non seulement elle cherche à se rendre maître du bureau mais elle remplit scrupuleusement ses fonctions. Les mots, par exemple, il ne se passe pas de jour qu'elle ne les brosse, les lustre, les range à leur place sur l'étagère, ne les prépare et ne les pare pour leur tâche journalière. S'il me vient aux lèvres quelque adjectif un peu inutile — parce qu'ils naissent tous hors de l'orbite de ma secrétaire et en quelque sorte hors de la mienne —

la voilà crayon en main qui l'attrape et le tue sans lui donner le temps de se joindre au reste de la phrase et de survivre par mégarde ou par habitude. Si je la laissais faire, si à cet instant même je la laissais faire, elle jetterait, furieuse, toutes ces feuilles à la corbeille. Elle est si résolue à ce que je mène une vie ordonnée que le moindre mouvement imprévu la fait se dresser, toutes oreilles et queue pointées, vibrante comme un fil de fer dans la tempête. Il me faut ruser et, sous prétexte de rédiger un rapport, remplir quelques fiches roses ou vertes de mots qui me plaisent, avec leurs jeux et leurs bonds, leurs rageuses querelles. Ma fidèle secrétaire, pendant ce temps, met de l'ordre dans le bureau, distraite en apparence mais prompte à la détente. A la moitié d'un vers qui naissait tout content, le pauvre, je l'entends qui pousse son horrible cri de censure, alors mon crayon revient au galop vers les mots interdits, les barre en toute hâte, ordonne le désordre, fixe, éclaircit et fait reluire, et ce qui reste est sûrement très bien, mais quelle tristesse, quel goût de trahison sur la langue, quelle gueule de patron avec sa secrétaire.

Merveilleuses occupations

Quelle merveilleuse occupation que de couper la patte à une araignée, la mettre dans une enveloppe, écrire : Monsieur le Ministre des Affaires étrangères, ajouter l'adresse, descendre quatre à quatre l'escalier et jeter l'enveloppe dans la boîte aux lettres du coin !

Quelle merveilleuse occupation que de se promener sur le boulevard Arago en comptant les arbres, et tous les cinq marronniers s'immobiliser sur un pied, attendre que quelqu'un regarde et alors lancer un cri bref et sec, tourner comme une toupie, les bras étendus, pareil à l'oiseau cakuy qui se plaint dans les arbres du nord de l'Argentine.

Quelle merveilleuse occupation que d'entrer dans un café, demander du sucre, encore du sucre, trois ou quatre fois du sucre et d'en faire un tas sur la table, tandis que la colère monte au comptoir et sous les tabliers blancs, puis cracher doucement juste au milieu du tas de sucre et suivre la descente du petit glacier de salive, entendre le bruit de pierres roulées qui l'accompagne et qui naît dans les gorges contractées des cinq habitués et du patron, homme honnête à ses heures.

Quelle merveilleuse occupation que de prendre un autobus, s'arrêter devant le ministère, s'ouvrir un passage à coups de plis officiels, dépasser le dernier secrétaire et entrer, grave et résolu, dans le grand bureau des glaces, exactement au moment où un huissier vêtu de bleu remet une lettre au ministre, le voir ouvrir l'enveloppe avec un coupe-papier d'origine historique, y plonger deux doigts délicats, en retirer la longue patte d'araignée, la considérer et c'est alors que nous imiterons le bourdonnement d'une mouche, le ministre pâlira, voudra jeter la patte et ne pourra pas, son doigt y restera collé, et alors lui tourner le dos et sortir en sifflotant pour annoncer dans les couloirs la démission du ministre, savoir que le lendemain les troupes ennemies envahiront le pays, que tout s'en ira au diable et que ce sera un jeudi d'un mois impair d'une année bissextile.

Vietato introdurre biciclette

Dans les banques et autres maisons de commerce de ce monde, on se fiche éperdument que vous entriez avec un chou-fleur sous le bras, ou un toucan, ou encore en tirant de votre bouche, comme une ficelle, les chansons que ma mère chantait, ou bien en tenant par la main un chimpanzé vêtu d'un tricot rayé. Mais que quelqu'un s'avise d'entrer avec une bicyclette et il déchaîne l'indignation générale : le véhicule est vilement expulsé tandis que son propriétaire est l'objet de vives remontrances.

Pour une bicyclette, être docile et de maintien modeste, ces écriteaux qui l'arrêtent dédaigneusement au seuil des belles portes de verre de la ville sont une véritable gifle et un affront certain. On sait que les bicyclettes ont essayé de toutes les façons de remédier à leur triste condition sociale. Mais dans tous les pays du monde sans exception, il est défendu d'entrer avec des bicyclettes. Certains ajoutent « ou des chiens », ce qui augmente chez la gent vélocipède et canine la tendance au complexe d'infériorité. Un chat, un lièvre, une tortue peuvent en principe entrer dans les études des avocats de la rue San Martín sans provoquer autre chose que de la surprise et un grand ravissement parmi les standardistes empressées ou, au pis-aller, l'ordre au portier de jeter à la rue les susdits animaux, chose qui peut arriver mais n'est pas humiliante, d'abord parce que ce n'est qu'une possibilité entre mille et ensuite parce qu'elle n'est que l'effet d'une cause et non une froide machination préétablie, horriblement gravée sur des plaques de bronze ou d'émail, tables de la loi inexorables qui écrasent la naïve spontanéité des bicyclettes.

Attention, patron ! Les roses aussi sont ingénues et douces, mais peut-être avez-vous entendu parler d'une guerre des Deux-Roses où moururent des princes qui étaient comme des éclairs noirs, aveuglés par des pétales de sang. Il ne faudrait pas que les bicyclettes se réveillent un beau matin couvertes d'épines, que les pointes de leur guidon poussent et chargent contre vous, que cuirassées de fureur elles se lancent par milliers contre les vitres des compagnies d'assurances et que ce jour néfaste se termine par une baisse générale des actions avec deuil de vingt-quatre heures et faire-part encadrés de noir.

Conduite des miroirs dans l'île de Pâques

Lorsqu'on met un miroir à l'ouest de l'île de Pâques, il retarde ; lorsqu'on met un miroir à l'est de l'île de Pâques, il avance. Moyennant de subtils calculs, on pourrait trouver le point où ce miroir serait à l'heure ; mais rien ne dit que ce point serait le même pour tous les miroirs, d'autant qu'ils sont affectés de compositions différentes et réagissent selon leur bon plaisir. Ainsi Salomon Lemos, l'anthropologue boursier de la fondation Guggenheim, se vit lui-même frappé du typhus en se rasant devant son miroir, cela à l'est de l'île. Et, au même instant, un petit miroir qu'il avait oublié à l'ouest réfléchissait, pour personne (il avait été jeté au milieu des pierres), Salomon Lemos en culottes courtes sur le chemin de l'école, puis Salomon Lemos tout nu dans une petite baignoire et savonné avec enthousiasme par son papa et sa maman, puis Salomon Lemos disant un arreu arreu dans une ferme du côté de Trenque Lauquen, pour la plus grande émotion de sa tante Teresita.

Possibilités de l'abstraction

Je travaille depuis des années à l'Unesco et autres organismes internationaux et je conserve malgré tout un certain sens de l'humour et surtout un remarquable pouvoir d'abstraction, c'est-à-dire que si un type ne me plaît pas, je l'efface aussi sec de la carte et pendant qu'il parle et qu'il parle, moi je passe à Melville. De la même façon, si une fille me plaît, je peux l'abstraire de sa robe et tandis qu'elle me parle du froid qu'il fait ce matin, j'admire tranquillement son petit nombril. C'est presque malsain parfois cette facilité que j'ai.

Lundi dernier ce furent les oreilles. Vers neuf heures du matin, c'était extraordinaire le nombre d'oreilles qui se déplaçaient dans le hall d'entrée. Dans mon bureau j'en trouvai six, à la cantine à midi, il y en avait plus de cinq cents, symétriquement disposées en double file. C'était amusant de voir de temps en temps deux oreilles qui remontaient, sortaient du rang et s'éloignaient. On aurait dit des ailes.

Le mardi, je choisis une chose que je croyais peu répandue : les bracelets-montres. Je me trompais parce qu'à l'heure du déjeuner, je pus en voir près de deux cents qui survolaient les tables avec un mouvement d'avant en arrière qui suggérait assez bien le geste de couper un bifteck. Le mercredi, je préférai (non sans un certain embarras) quelque chose de plus fondamental et je choisis les boutons. Oh spectacle ! Le hall plein d'un banc de poissons aux yeux opaques qui se déplaçaient horizontalement, et à côté de chaque petit bataillon horizontal, deux, trois ou quatre boutons qui se balançaient perpendiculairement. Dans l'ascenseur, la concentration était à son comble ; des centaines de boutons immobiles ou bougeant à peine dans un très étonnant cube cristallographique. Je me souviens tout particulièrement d'une fenêtre (c'était l'après-midi) contre le ciel bleu. Huit boutons rouges dessinaient une délicate verticale et ici et là bougeaient doucement de petits disques nacrés et secrets. Que cette femme devait être belle.

Le mercredi était de cendres, jour que le processus digestif me parut devoir illustrer parfaitement, ce pourquoi vers neuf heures et demie, j'assistai, morne spectateur, à l'arrivée de centaines de bourses pleines d'une bouillie grisâtre, résultant du mélange de café au lait, croissant et corn-flakes. A la cantine, je vis une orange se diviser en nombreux quartiers, lesquels, à un moment donné, perdaient leur forme et descendaient à la queue leu leu former un peu plus bas un petit dépôt blanchâtre. C'est dans cet état que l'orange parcourut le couloir, descendit quatre étages et, après être entrée dans un bureau, alla s'immobiliser en un point situé entre les deux bras d'un fauteuil. Un peu plus loin, on pouvait voir, en un repos analogue, un quart de litre de thé noir. Curieuse parenthèse, je pouvais voir aussi une bouffée de fumée descendre un tube vertical, se diviser en deux vessies translucides, rejoindre le tube et, après une gracieuse volute, se disperser en dessins baroques. Plus tard (j'étais dans un autre bureau) je trouvai un prétexte pour aller rendre visite à l'orange, au thé et à la fumée. Mais la fumée avait disparu et à la place de l'orange et du thé, il y avait deux désagréables tubes entortillés. L'abstraction elle-même a ses côtés pénibles ; je saluai les tubes et revins à mon bureau. Ma secrétaire pleurait en lisant la circulaire qui me signifiait mon congé. Pour me consoler, je décidai d'abstraire ses larmes et me délectai un long moment à voir ces sources cristallines naître dans les airs et s'écraser sur les dossiers, buvards et bulletin officiel. La vie est pleine de beautés de ce genre.

Le *quotidien quotidien*

Un monsieur prend l'autobus après avoir acheté le journal et l'avoir mis sous son bras. Une demi-heure plus tard, il descend avec le même journal sous le même bras.

Mais ce n'est plus le même journal, c'est maintenant un tas de feuilles imprimées que ce monsieur abandonne sur un banc de la place.

A peine est-il seul sur le banc que le tas de feuilles imprimées redevient un journal jusqu'à ce qu'un jeune homme le voie, le lise et le repose, transformé en un tas de feuilles imprimées.

A peine est-il seul sur le banc que le tas de feuilles imprimées redevient un journal, jusqu'à ce qu'une vieille femme le trouve, le lise et le repose, transformé en un tas de feuilles imprimées. Elle se ravise et l'emporte et, chemin faisant, elle s'en sert pour envelopper un demi-kilo de blettes, ce à quoi servent tous les journaux après avoir subi ces excitantes métamorphoses.

*Petite histoire tendant à illustrer
le caractère précaire de la stabilité
dans laquelle nous croyons vivre,
autrement dit :
les lois pourraient céder du terrain
aux exceptions, hasards et improbabilités,
et c'est là que je t'attends*

> *Rapport confidentiel CVN 475
> du secrétaire de l'OCLUSIOM au
> secrétaire de la WERPERTUIT.*

... terrible confusion. Tout avait parfaitement marché jusque-là et il n'y avait jamais eu la moindre difficulté avec les règlements. Mais voilà qu'un jour on décide de réunir le Comité exécutif en séance extraordinaire et c'est là que les choses se gâtent. Vous allez voir quelle histoire inextricable. Désarroi absolu dans les rangs. Incertitude quant au futur. Et tout ça simplement parce que le comité s'était réuni pour procéder à l'élection de neuf nouveaux membres du bureau en remplacement des six titulaires tragiquement disparus dans l'accident de l'hélicoptère tombé en mer, tous morts à l'hôpital local parce qu'une infirmière s'était trompée et leur avait administré des doses de sulfamides bien supérieures à ce que peut tolérer l'organisme humain. Une fois réuni, le Comité composé du seul titulaire survivant (retenu à son domicile par un gros rhume le jour de la catastrophe) et de six membres suppléants, on procéda à l'élection des candidats proposés par les différents Etats associés à l'OCLUSIOM. Est élu à l'unanimité M. Félix Voll (applaudissements). Est élu à l'unanimité M. Félix Romero (applaudissements). On procède à un nouveau vote et c'est M. Félix Lupescu qui est élu à l'unanimité (stupeur dans l'assistance). Le président par intérim prend la parole et fait une observation amusée sur la coïncidence de ces prénoms. Le délégué de Grèce demande la parole et déclare que bien que sentant toute la bizarrerie de ce hasard, il est chargé par son gouvernement de proposer comme candidat M. Félix Paparémologos. On vote et il est élu à la majorité. On passe au vote suivant et c'est le candidat du Pakistan qui l'emporte, M. Félix Abib. Un grand brouhaha se produit alors dans l'assemblée qui doit cependant procéder au dernier vote et c'est le candidat de l'Argentine, M. Félix Camusso, qui est élu. Au milieu des applaudissements contraints de l'assistance, le doyen d'âge souhaite la bienvenue aux six nouveaux membres qu'il appelle cordialement « mes homonymes » (effarement). On lit la composition du Comité, lequel est enregistré sous la forme suivante : Président et membre survivant de la catastrophe : M. Félix Smith. Membres : MM. Félix Voll, Félix Roméro, Félix Lupescu, Félix Paparémologos, Félix Abib et Félix Camusso.

Inutile de dire que les conséquences de cette élection sont vaiment fâcheuses pour l'OCLUSIOM. Les journaux du soir ont reproduit la composition du Comité exécutif avec des commentaires goguenards et impertinents. Le ministre de l'Intérieur a eu ce matin un entretien par téléphone avec le directeur général. Ce dernier, à défaut de mieux, a fait préparer une note d'information avec le *curriculum vitae* des nouveaux membres du Comité, tous d'éminentes personnalités dans le domaine des sciences économiques.

Le Comité doit tenir sa première séance jeudi prochain mais l'on murmure que MM. Félix Camusso, Félix Voll et Félix Lupescu présenteront leur démission dans la soirée. M. Félix Camusso a demandé des instructions pour rédiger sa lettre de démission. En effet, il n'a aucun motif avouable pour se retirer du Comité et seul le guide le désir, à l'instar de MM. Voll et Lupescu, de voir le Comité composé de personnes qui ne répondent pas toutes au même prénom de Félix. Les démissionnaires invoqueront probablement des raisons de santé qui seront acceptées par le directeur général.

Fin du monde de la fin

Comme le nombre des scribes ira augmentant, les quelques lecteurs qui restent de par le monde changeront de métier et deviendront scribes eux aussi. De plus en plus, les pays appartiendront aux scribes et aux fabriques d'encre et de papier, les scribes le jour et les machines la nuit pour imprimer le travail des scribes. Pour commencer, les bibliothèques déborderont des maisons, les municipalités décident (et c'est là que les choses commencent à se gâter) de sacrifier les terrains de jeu pour agrandir les bibliothèques. Ensuite, elles cèdent les théâtres, les maternités, les abattoirs, les cantines, les hôpitaux. Les pauvres emploient les livres en guise de briques, les assemblent avec du ciment, construisent des murs de livres et vivent dans des cabanes de livres. Puis il advient que les livres débordent des villes et envahissent les campagnes, écrasant les champs de blé et de tournesols ; c'est à peine si les Ponts et Chaussées obtiennent que les routes restent dégagées entre deux immenses murs de livres. Parfois un mur cède et il y a d'épouvantables catastrophes routières. Les scribes travaillent sans trêve parce que l'humanité respecte les vocations, et les imprimés finissent par atteindre le bord de la mer. Le président de la République s'entretient par téléphone avec d'autres présidents de république et propose intelligemment de faire jeter à la mer l'excédent de livres, ce qui est fait sur toutes les côtes du monde à la fois. Ainsi les scribes sibériens voient leurs imprimés jetés dans l'océan Glacial et les scribes indonésiens et cetera. Cela permet aux scribes d'augmenter pour un temps leur production car il y a de nouveau de la place sur terre pour stocker leurs livres. Ils ne songent pas que la mer a un fond et qu'au fond de la mer les imprimés commencent à s'amonceler, d'abord sous forme de pâte gluante, puis sous forme de pâte agglutinante et enfin comme une plate-forme consistante quoique visqueuse qui monte journellement de quelques mètres et finira par affleurer à la surface. Alors beaucoup de mers envahissent beaucoup de terres, il y a une nouvelle distribution des continents et des océans, et les présidents de diverses républiques sont remplacés par des lacs et des péninsules, les présidents d'autres républiques voient s'ouvrir d'immenses territoires à leurs ambitions et ainsi de suite. L'eau de mer, violemment contrainte à se répandre, s'évapore plus vite, si bien qu'un jour les capitaines de bateaux de grandes lignes constatent que leurs paquebots avancent plus lentement, de trente nœuds ils tombent à vingt, puis à quinze et les moteurs s'essoufflent et les hélices se faussent. Finalement tous les bateaux s'arrêtent en différents points de différentes mers, pris dans la pâte imprimée, et les scribes du monde entier écrivent des milliers de textes pleins d'allégresse pour expliquer le phénomène. Les présidents et les capitaines décident de transformer les bateaux en îles et en casinos, le public va à pied sur des mers de carton jusqu'aux îles et casinos où des orchestres typiques et de genre enchantent l'air climatisé où l'on danse jusqu'à une heure avancée de la nuit. De nouveaux imprimés s'entassent sur les côtes mais cette fois il est impossible de les jeter dans la pâte humide et il s'élève des murailles et il naît des montagnes au bord des anciennes mers. Les scribes comprennent que les fabriques d'encre et de papier vont faire faillite et ils écrivent d'une écriture de plus en plus petite, ils utilisent les recoins les plus imperceptibles de chaque papier. Et quand l'encre est finie, ils emploient le crayon, et, le papier fini, ils écrivent sur des dalles, ardoises, etc. L'habitude se répand d'intercaler un texte dans un autre pour ne pas laisser perdre les interlignes, ou bien on efface à la lame de rasoir les pages déjà imprimées pour les réutiliser. Les scribes travaillent au ralenti mais ils sont en si grand nombre que les imprimés séparent à présent définitivement les terres du lit des anciennes mers. Sur terre, la race des scribes vit de façon précaire, condamnée à s'éteindre, et sur les mers, il y a les îles et les casinos c'est-à-dire les transatlantiques où se sont réfugiés les présidents des républiques et où l'on donne de grandes fêtes et l'on échange des messages d'île à île, de président à président, de capitaine à capitaine.

Acéphalie

On coupa un jour la tête à un monsieur mais comme une grève avait éclaté entre-temps on ne put l'enterrer et ce monsieur dut continuer à vivre sans tête et à se débrouiller tant bien que mal.

Il remarqua tout de suite que quatre de ses cinq sens s'en étaient allés avec sa tête. Il ne lui restait plus que le toucher — mais tout son esprit —, alors ce monsieur s'assit sur un banc de la place Lavalle et se mit à tâter les feuilles en essayant de les reconnaître et de les nommer. Au bout de quelques jours, il eut la certitude d'avoir rassemblé sur ses genoux une feuille d'eucalyptus, une de platane, une de magnolia et une petite pierre verte.

Quand ce monsieur s'avisa que cette dernière chose était une pierre verte, il resta fort perplexe deux jours durant. Pierre était correct et possible, mais pas vert. Pour se mettre à l'épreuve il imagina que la pierre était rouge mais aussitôt il ressentit comme un profond dégoût, le refus d'un mensonge aussi flagrant puisque la pierre était absolument verte et en forme de disque, très douce au toucher.

Lorsqu'il se rendit compte que la pierre, par-dessus le marché, était sucrée, le monsieur mit un certain temps à digérer sa surprise. Puis il opta pour la joie, ce qui est toujours préférable, car il était évident que, pareil à ces insectes qui recréent leurs parties coupées, il était capable de percevoir diversement. Stimulé par cette découverte, il abandonna son banc et descendit par la rue de la Liberté jusqu'à l'avenue de Mayo où, comme chacun sait, les odeurs de friture prolifèrent à cause des nombreux restaurants espagnols. Averti de ce détail qui lui restituait un nouveau sens, le monsieur se dirigea vaguement vers l'est, ou l'ouest, car pour ça il n'était pas encore très sûr, et il marcha, infatigable, espérant d'un moment à l'autre entendre quelque chose, puisque l'ouïe était le seul sens qui lui faisait encore défaut. En effet, il voyait un ciel pâle comme l'aube, il touchait ses propres mains aux doigts humides et aux ongles qui s'enfonçaient dans sa paume, il sentait comme une odeur de sueur et il avait dans la bouche un goût de métal et de cognac. Il ne lui manquait plus que d'entendre et soudain il entendit et ce fut comme un souvenir car ce qu'il entendait c'était de nouveau les paroles de l'aumônier de la prison, paroles de consolation et d'espoir, très belles en soi, dommage cet air usé qu'elles avaient, trop répétées, abîmées à force d'avoir été dites et redites.

Ebauche d'un rêve

Brusquement il se sent un grand désir de revoir son oncle et il se hâte à travers des ruelles tortueuses et en pente qui semblent vouloir l'éloigner de la vieille demeure. Apès avoir longtemps marché (mais c'est comme si ses souliers étaient collés au sol) il voit la porte cochère et entend vaguement aboyer un chien, si tant est que ce soit un chien. Au moment où il monte les quatre marches usées et tend la main vers le heurtoir qui est une autre main refermée sur une sphère de bronze, les doigts du heurtoir se mettent à bouger, d'abord le petit doigt puis peu à peu tous les autres qui lâchent interminablement la boule de bronze. La boule tombe comme si elle était de plume, elle rebondit sans bruit sur le seuil et saute jusqu'à sa poitrine et c'est maintenant une grosse araignée noire. Il la chasse d'un revers de main désespéré et à cet instant la porte s'ouvre : son oncle est devant lui, souriant d'un sourire inexpressif comme si depuis très longtemps il attendait en souriant derrière la porte fermée. Ils échangent quelques phrases qui ont l'air d'être préparées, un jeu d'échecs élastique : « A présent je dois répondre que », « A présent il va dire que »... Ils sont maintenant dans un salon brillamment éclairé, l'oncle prend des cigares enveloppés dans du papier argent et lui en offre un. Longtemps il cherche des allumettes mais il n'y en a pas dans toute la maison ni feu d'aucune sorte. Ils ne peuvent allumer leur cigare, l'oncle semble pressé de le voir partir, il y a des adieux confus dans un couloir encombré de cartons entrouverts où l'on peut à peine bouger.

En sortant de la maison il sait qu'il ne doit pas regarder en arrière *parce que...* C'est tout ce qu'il sait mais cela il le sait bien et il s'éloigne précipitamment, les yeux fixés sur le fond de la rue. Peu à peu il se sent moins oppressé. Quand il arrive chez lui, il est si fatigué qu'il se couche sans même se déshabiller. Alors il rêve qu'il est sur la rivière avec sa fiancée et qu'ils passent la journée à ramer et à manger des frites dans les guinguettes.

Comment va, Lopez ?

Un monsieur rencontre un ami et le salue en lui tendant la main et en inclinant un peu la tête.

C'est ainsi du moins qu'il croit le saluer mais le salut est déjà inventé depuis longtemps et ce bon monsieur ne fait qu'entrer dans le salut comme le pied dans la chaussure.

Il pleut. Un monsieur se réfugie sous un porche. Et ces gens ne savent presque jamais qu'ils sont en train de glisser sur un toboggan fabriqué depuis la première pluie et le premier porche. Un toboggan humide de feuilles mortes.

Et les gestes de l'amour, ce doux musée, cette galerie de visages de fumée. Que ta vanité se console : la main d'Antoine chercha ce que cherche ta main et ni la sienne ni la tienne ne cherchaient rien qui n'ait déjà été trouvé de toute éternité. Mais les choses invisibles ont besoin de s'incarner, les idées tombent à terre comme des colombes mortes.

Ce qui est véritablement nouveau fait peur ou

émerveille : deux sensations également proches de l'estomac qui accompagnent toujours la présence de Prométhée ; le reste, c'est la commodité, ce qui est toujours plus ou moins bien ; les verbes actifs contiennent le répertoire au complet.

Hamlet n'hésite pas : il cherche la solution authentique et non les portes de la maison ou les chemins déjà parcourus, pour autant de carrefours ou de raccourcis qu'ils proposent. Il veut la tangente qui fait voler le mystère en éclats, la cinquième feuille du trèfle. Entre oui et non, quelle infinie rose des vents. Les princes de Danemark, ces faucons qui préfèrent mourir plutôt que de manger de la chair morte.

Quand les souliers font mal, bon signe. Quelque chose là est en train de changer, quelque chose qui nous désigne, qui sourdement nous pose, nous expose. C'est pour cela que les monstres sont si populaires et que les journaux s'extasient devant les veaux à deux têtes. Quelles possibilités, quelle ébauche d'un grand saut vers autre chose !

Tiens, voilà Lopez.

— Comment va, Lopez ?

— Et toi, comment va ?

Et c'est ainsi qu'ils croient se saluer.

Géographie

Etant prouvé que les fourmis sont les reines véritables de la création (le lecteur peut le prendre comme une hypothèse ou une fantaisie, de toute façon un peu d'anthropophobie, de zoocentrisme ne lui fera pas de mal), voici une page de leur géographie :

(P. 84 : sont signalées entre parenthèses les équivalences possibles de certaines expressions selon la classique interprétation de Gaston Loeb.)

« ... mers parallèles (fleuves ?). L'eau infinie (une mer ?) monte à certains moments comme un lierre-lierre-lierre (idée d'un mur très haut qui exprimerait la marée ?). Si l'on va-va-va (notion analogue appliquée à la distance) on arrive à la Grande Ombre Verte (un champ ensemencé ? un bosquet ? un bois ?) où le Dieu Suprême dresse un grenier inépuisable pour ses Meilleures Ouvrières. Dans cette région abondent les Immenses Etres Horribles (les hommes ?) qui ravagent nos sentiers. De l'autre côté de la Grande Ombre Verte commence le ciel dur (une montagne ?). Et tout cela est à nous mais à nos risques et périls. »

Cette géographie a fait l'objet d'une autre interprétation (Dick Fry et Niels Peterson Jr). Le passage correspondrait topographiquement à un petit jardin au 628 de la rue Laprida à Buenos Aires. Les mers parallèles sont deux canaux d'arrosage ; l'eau infinie une petite mare à canards ; la Grande Ombre Verte un carré de laitues. Les Immenses Etres Horribles signifieraient canards ou poules mais nous n'écartons pas la possibilité qu'il s'agisse d'hommes. Quant au Ciel Dur, il a déclenché une polémique qui n'est pas près de finir. A l'opinion de Fry et Peterson qui y voient un mur mitoyen en briques s'oppose celle de Guillermo Safovich qui suggère un bidet abandonné au milieu des laitues.

Progrès et régression

On inventa un verre qui laissait passer les mouches. La mouche s'amenait, poussait un peu de la tête et hop, elle était de l'autre côté. Joie débordante de la mouche.

Dommage qu'un savant hongrois ait tout fichu par terre en découvrant un truc qui permettait à la mouche d'entrer mais pas de sortir, ou vice versa, à cause de je ne sais quelle flexibilité des fibres de ce verre qui était salement fibreux. Aussitôt on inventa l'attrape-mouches en plaçant un morceau de sucre de l'autre côté dudit verre et beaucoup de mouches moururent de désespoir. C'est ainsi que prit fin toute possibilité de fraternisation avec ces animaux dignes d'un sort meilleur.

Histoire véridique

Un monsieur laisse tomber ses lunettes qui font un bruit terrible en heurtant le pavé. Le monsieur se penche consterné parce que les verres lui ont coûté très cher, mais il découvre avec étonnement que par miracle ses lunettes sont intactes.

Evidemment ce monsieur se sent plein de reconnaissance et comprend que ce qui vient de se passer est un avertissement amical, aussi court-il s'acheter un étui de cuir capitonné double protection. Une heure plus tard, il laisse à nouveau tomber son étui, par mégarde ; il se penche sans inquiétude et s'aperçoit que ses lunettes sont en miettes. Il a besoin d'un bon moment, ce monsieur, pour comprendre que les voies de la Providence sont impénétrables et qu'en réalité c'est à présent qu'a eu lieu le miracle.

Histoire d'un ours mou

Regarde un peu cette boule de coaltar qui suinte, s'étire et s'enfle par la fente fenêtre de deux arbres. Au-delà des arbres il y a une clairière et c'est là que le coaltar voudrait aller sous forme de boule et pattes, sous forme de coaltar poils et pattes et pour la suite le dictionnaire au mot ours.

A présent, le coaltar boule émerge humide et mou, secouant des fourmis innombrables et rondes, éclaboussant chacune de ses traces qui s'ordonnent harmonieusement à mesure qu'il va. C'est-à-dire que le coaltar projette une patte ours sur les aiguilles de pin, fend la terre lisse et, en retirant sa patte, imprime devant lui une pantoufle déchiquetée et l'amorce d'une fourmilière multiple et ronde, embaumant le coaltar. Ainsi, de part et d'autre du chemin, fondateur d'empires symétriques, la forme avance, poils et pattes, imprimant une construction pour fourmis rondes dont, humide, il se secoue.

Enfin le soleil apparaît et l'ours mou lève une

tête puérile et ravie vers ce gong de miel auquel vainement il aspire. Le coaltar se met à sentir avec véhémence, la boule croît au rythme du jour, poils et pattes seulement coaltar, poils pattes coaltar qui murmure une prière et guette la réponse, la profonde résonance du gong là-haut, le miel du ciel sur sa langue museau, sur sa joie poils et pattes.

Thème pour une tapisserie

Le général n'a que quatre-vingts hommes et l'ennemi cinq mille. Sous sa tente le général blasphème et pleure. Alors il rédige une proclamation inspirée que des pigeons voyageurs déversent sur le campement ennemi. Deux cents fantassins de l'armée adverse passent au général. Suit une escarmouche où le général l'emporte sans difficulté et deux régiments passent dans son camp. Trois jours après l'ennemi n'a plus que quatre-vingts hommes et le général cinq mille. Alors le général rédige une autre proclamation et soixante-dix-neuf hommes encore passent dans son camp. Seul reste un ennemi, encerclé par l'armée du général qui attend en silence. La nuit s'écoule et l'ennemi n'a pas rallié son camp. Le général blasphème et pleure sous sa tente. A l'aube l'ennemi dégaine lentement son épée et avance vers la tente du général. Il entre et le regarde. L'armée du général part en débandade. Le soleil se lève.

Propriétés d'un fauteuil

Chez Jacinthe il y a un fauteuil pour mourir.
Quand quelqu'un devient vieux, on le prie un jour de s'asseoir dans ce fauteuil qui est un fauteuil comme tous les autres mais avec une petite étoile argentée au centre du dossier. La personne sollicitée soupire, agite un peu les mains comme pour décliner l'offre puis va s'asseoir dans le fauteuil et meurt.

Les enfants, toujours espiègles, s'amusent, en l'absence de leur mère, à faire asseoir les visites dans ce fauteuil. Comme les visites sont au courant mais savent qu'on ne doit pas parler de ces choses, elles regardent les enfants d'un air très gêné et s'excusent avec des mots qu'on n'emploie jamais pour parler aux enfants, ce qui les réjouit énormément. Les visites trouvent toujours un prétexte pour ne pas s'asseoir mais quand la mère apprend — tôt ou tard — ce qui s'est passé, il y a des fessées retentissantes au moment d'aller au lit. Les enfants ne se corrigent pas pour autant, et de temps en temps, ils arrivent à tromper un visiteur candide et à le faire asseoir dans le fauteuil. Dans ces cas-là, les parents ne font semblant de rien car ils ont peur que les voisins finissent par apprendre les propriétés du fauteuil et viennent l'emprunter pour y faire asseoir de la famille ou des amis. Entre-temps, les enfants grandissent et le moment arrive où, sans savoir pourquoi, ils cessent de s'intéresser au fauteuil et aux visites. Ils évitent même d'entrer au salon et font le tour par la cour, et les parents, qui sont déjà très vieux, ferment à clef la porte du salon et regardent fixement leurs enfants comme s'ils voulaient-lire-leurs-pensées. Les enfants détournent les yeux et disent qu'il est l'heure d'aller se coucher ou de se mettre à table. Le matin, le père se lève le premier et va toujours voir si la porte du salon est bien fermée à clef, si l'un des enfants ne l'a pas ouverte pour qu'on voie le fauteuil de la salle à manger, car la petite étoile d'argent brille dans l'ombre et on la voit parfaitement de partout dans la salle à manger.

Savant avec trou de mémoire

Savant éminent, histoire romaine en vingt-trois volumes, candidat sûr prix Nobel, grand enthousiasme dans son pays. Subite consternation : rat de bibliothèque à plein temps lance grossier pamphlet signalant omission Caracalla. Relativement peu important, mais de toute façon omission. Admirateurs stupéfaits consultent Pax Romana quel artiste perd le monde Varus rends-moi mes légions homme de toutes les femmes et femme de tous les hommes méfie-toi des Ides de Mars l'argent n'a pas d'odeur par ce signe tu vaincras. Absence incontestable de Caracalla, consternation, téléphone débranché, savant ne peut répondre au roi Gustave de Suède mais ce roi ne songe pas à l'appeler, plutôt un autre qui compose en vain son numéro en jurant dans une langue morte.

Plan pour un poème

Que Rome soit celle que Faustine, que le vent aiguise les crayons de plomb du scribe accroupi ou que derrière les clématites centenaires apparaisse un matin cette phrase : il n'y a pas de clématite centenaire, la botanique est une science, au diable les inventeurs de prétendues images. Et Marat dans sa baignoire.

Je vois aussi la poursuite d'un grillon sur un plateau d'argent et Mme Délia qui doucement avance une main semblable à un substantif mais au moment où elle va l'attraper, le grillon est dans le sel (alors ils traversèrent à pied sec et Pharaon les maudissait sur la rive) ou saute sur le délicat mécanisme qui de la fine fleur du blé tire la main sèche de la biscotte. Madame Délia, madame Délia, laissez donc ce grillon courir sur les plats-plages. Un jour, il chantera avec des accents si vengeurs que vos horloges à balancier se pendront dans leurs cercueils debout ou que la lingère mettra au monde un monogramme vivant qui courra dans la maison en répétant ses initiales comme un tambour de ville. Madame Délia, les invités s'impatientent, ils ont froid. Et Marat dans sa baignoire.

Que Buenos Aires soit enfin de serpentins et confetti, de lessives au vent et de radios vociférant la cote du marché libre des tournesols. Pour un tournesol géant, on a payé quatre-vingt-huit pesos à Liniers, et le tournesol a tenu des propos insultants au reporter Esso, un peu par fatigue après le compte de ses graines, un peu parce que sa vie future ne figurait pas sur le bulletin de vente. Au crépuscule, il y aura grand défilé militaire place de Mayo. Les unités emprunteront différentes rues pour se rejoindre à la pyramide et on s'apercevra alors qu'elles n'existent que grâce à un système de réflexions installé par la municipalité. Nul doute pour personne quant à l'éclat dans lequel se déroulera la cérémonie, ce qui a suscité, comme on peut l'imaginer, une extraordinaire attente parmi les assistants. Les tribunes sont louées, seront présents Mgr le cardinal, les pigeons, les prisonniers politiques, les traminots, les horlogers, les donateurs, les grosses dames. Et Marat dans sa baignoire.

Chameau déclaré indésirable

On accepte toutes les demandes de visa de sortie mais Guk, chameau, contre toute attente est déclaré indésirable. Guk se précipite au commissariat où on lui dit rien à faire, retourne à ton oasis, déclaré indésirable, inutile poursuivre démarches. Tristesse de Guk, retour au pays de son enfance. Et les chameaux de la famille et les amis qui l'entourent, mais qu'est-ce qui se passe, ce n'est pas possible, pourquoi toi précisément ? Alors délégation au ministère de l'Intérieur pour appuyer la demande de Guk, grand scandale des fonctionnaires de carrière : cela ne s'est jamais vu, rentrez immédiatement chez vous, ferons rapport.

Guk à l'oasis mange de l'herbe un jour et de l'herbe le lendemain. Tous les chameaux ont passé la frontière et Guk, lui, attend toujours. L'été passe, puis l'automne. De retour à la ville. Guk arrêté sur une place vide. Très photographié par les touristes. Accordant des interviews. Petite notoriété de Guk sur la place. En profite pour chercher à partir. A la frontière tout change : déclaré indésirable. Guk baisse la tête, cherche les rares herbes entre les pavés. Un jour on l'appelle par haut-parleur ; tout heureux il va au commissariat. Là, à nouveau, déclaré indésirable. Guk retourne à l'oasis et se couche. Il mange un peu d'herbe puis pose son mufle sur le sable. Il ferme lentement les yeux tandis que le soleil descend sur l'horizon. De son nez sort une bulle qui dure une seconde de plus que lui.

Discours de l'ours

C'est moi l'ours des tuyauteries de l'immeuble, des tuyaux de l'eau chaude, du chauffage, de l'air frais, je vais par les tuyaux d'étage en étage, je suis l'ours qui va par les tuyaux.

Je crois qu'on m'apprécie car mon poil nettoie impeccablement les conduits, je cours dans les tuyaux sans répit et sans trêve et rien ne me plaît tant que de passer d'étage en étage en glissant le long des tuyaux. Parfois, je sors une patte par un robinet et la jeune fille du troisième crie qu'elle s'est brûlée, ou je grogne à la hauteur du fourneau du deuxième et la cuisinière Wilhelmine se plaint qu'il tire mal. La nuit, je vais en silence, je vais sur la pointe des pattes, je sors mon nez sur le toit pour voir si la lune danse là-haut puis je me laisse glisser dans la cheminée, comme le vent, jusqu'aux chaudières du sous-sol. Et l'été, je nage la nuit dans le réservoir piqueté d'étoiles, je me lave le museau, d'abord avec une patte, puis avec l'autre, puis avec les deux à la fois ce qui me remplit d'une joie extrême.

Après quoi, je dégringole par tous les tuyaux de la maison en grognant d'aise et les maris-et-femmes s'agitent dans leurs lits et pestent contre la plomberie défectueuse. Il y en a même qui allument et notent sur un petit papier : penser à se plaindre au gérant. Je cherche le robinet qui est resté ouvert à quelque étage — il y en a toujours un —, je mets le nez dehors et je regarde l'obscurité des chambres où vivent ces êtres qui ne peuvent se promener dans les tuyaux et j'ai un peu pitié d'eux à les voir si grands et si maladroits, à les entendre ronfler et rêver à voix haute, ils sont si seuls. Lorsque le matin ils se lavent la figure, je leur caresse les joues, je leur lèche le nez, et je m'en vais, vaguement assuré de leur avoir fait un peu de bien.

Portrait du casoar

La première chose que fait le casoar c'est de nous regarder d'un air hautain et méfiant. C'est tout ce qu'il fait, d'ailleurs, il nous regarde, mais d'un air si dur et si soutenu que c'est un peu comme s'il nous inventait, comme si, moyennant un terrible effort, il nous sortait du néant qu'est le monde des casoars et nous posait devant lui, en train, inexplicablement, de le contempler.

Nous naissons, le casoar et moi, de cette double contemplation qui n'en est peut-être qu'une et peut-être aucune, nous apprenons à nous méconnaître. Je ne sais pas si le casoar me découpe et m'inscrit dans son simple monde ; pour ma part, je ne peux que le décrire, consacrer à sa présence un chapitre de sympathies et antipathies. Antipathies surtout car le casoar est éminemment déplaisant. Imaginez une autruche avec un couvre-théière en corne sur la tête, une bicyclette écrasée entre deux autos qui se tasse sur elle-même, une décalcomanie tremblée où prédomine un violet sale et une espèce de crépitation. Le casoar avance maintenant d'un pas et prend un air encore plus sec ; on dirait une paire de lunettes chevauchant une infinie pédanterie. C'est en Australie qu'il vit le casoar ; il est peureux et redoutable à la fois ; les gardiens entrent dans sa cage avec de grandes bottes et un lance-flammes. Lorsque le casoar cesse de courir épouvanté autour de l'écuelle de son qu'on lui apporte et saute sur le gardien avec des sauts de chameau, il ne reste plus qu'à utiliser le lance-flammes. Alors on voit cette chose étonnante : le fleuve de feu enveloppe le casoar qui flambe de toutes ses plumes et fait encore quelques pas, les derniers, en poussant un cri abominable. Mais sa corne ne brûle pas : la sèche matière squameuse qui est son orgueil et son défi entre en fusion froide, s'allume en un bleu prodigieux, en un écarlate qui ressemble à un poing écorché et enfin coagule en un vert des plus transparents, en une émeraude, pierre de l'ombre et de l'espoir. Le casoar s'effeuille, fugace nuage de cendre, et le gardien court s'emparer du joyau frais éclos. Et c'est toujours le moment que choisit le directeur du zoo pour lui intenter un procès pour sévices sur animaux et le renvoyer.

Que dirons-nous de plus du casoar après ce double malheur ?

Ecrasement des gouttes

Je ne sais pas, regarde, c'est terrible comme il pleut. Il pleut tout le temps, dehors épais et gris, ici contre le balcon avec de grosses gouttes dures et figées qui s'écrasent comme des gifles l'une après l'autre, quel ennui. Voici une petite goutte qui naît en haut du cadre de la fenêtre, elle tremble contre le ciel qui la brise en mille reflets assourdis, elle gonfle et vacille, elle va tomber, elle ne tombe pas, pas encore. Elle s'accroche de toutes ses griffes, elle ne veut pas tomber et on la voit qui s'agrippe avec ses dents tandis que son ventre enfle, c'est à présent une énorme goutte qui pend majestueuse et soudain youp ! la voilà partie plaf ! plus rien, écrasée, une tache humide sur le marbre.

Mais il y en a qui se suicident et se rendent tout de suite, elles naissent du cadre et se jettent aussitôt dans le vide, il me semble voir la vibration du saut, leurs petits pieds qui se décollent et le cri qui les grise dans ce néant de la chute et de l'écrasement. Tristes gouttes, rondes gouttes innocentes. Adieu, gouttes. Adieu.

Histoire sans morale

Un homme vendait des cris et des paroles et ses affaires marchaient bien quoiqu'il se trouvât toujours des gens pour marchander et demander des réductions. L'homme finissait par céder et c'est ainsi qu'il put vendre beaucoup de cris pour marchands ambulants, quelques soupirs pour vieilles rentières et des paroles pour consignes, slogans, en-têtes et mauvais calembours.

Enfin l'homme comprit que l'heure avait sonné et il demanda audience au tyranneau du pays qui ressemblait à tous ses collègues et qui le reçut entouré de généraux, secrétaires et tasses de café.

— Je viens vous vendre vos dernières paroles, dit l'homme. Elles sont très importantes et vous aurez du mal à les trouver à votre dernière heure, il faudrait cependant que vous puissiez les dire, le moment venu, afin de donner forme à un destin historique rétrospectif.

— Traduis ce qu'il dit, ordonna le tyranneau à son interprète.

— Il parle en argentin, excellence.
— En argentin ? Et pourquoi n'ai-je rien compris ?
— Vous avez fort bien compris, dit l'homme. Je répète que je viens vous vendre vos dernières paroles.

Le tyranneau se leva, comme il est de rigueur en pareilles circonstances, et, réprimant un frisson, ordonna qu'on arrêtât cet homme et qu'on le jetât dans ces cachots spéciaux qui existent toujours dans les parages gouvernementaux.

— C'est dommage, dit l'homme tandis qu'on l'emmenait. Car non seulement vous voudrez dire vos dernières paroles mais encore il faudrait que vous puissiez les dire afin de donner forme à un destin historique rétrospectif. Ce que j'allais vous vendre c'est précisément ce que vous voudrez dire, il n'y a donc pas marché de dupes. Mais comme vous n'acceptez pas mon offre, vous ne pourrez apprendre ces mots d'avance et vous ne pourrez naturellement pas les prononcer au moment où ils voudront jaillir de vos lèvres.

— Et pourquoi ne pourrais-je pas les prononcer si ce sont ceux que je veux dire ? demanda le tyranneau de nouveau en face d'une tasse de café.

— Parce que la peur vous en empêchera, répondit l'homme tristement. Quand vous serez en chemise, la corde au cou, tremblant de terreur et de froid, vos dents s'entrechoqueront et vous ne pourrez pas prononcer un mot. Le bourreau et ses assistants, parmi lesquels il y aura plusieurs de ces messieurs, attendront par bienséance une ou deux minutes mais lorsque de votre bouche il ne sortira qu'un gémissement entrecoupé de hoquets et de supplications (car cela, oui, vous l'articulerez sans effort) ils perdront patience et vous pendront.

Très indignés, les assistants et tout particulièrement les généraux entourèrent le tyranneau pour lui demander de faire fusiller cet homme sur-le-champ. Mais le tyranneau qui était pâle comme la mort les chassa brutalement et s'enferma avec l'homme pour lui acheter ses dernières paroles.

Entre-temps, les généraux et secrétaires, blessés à vif, préparèrent un soulèvement et au matin suivant ils arrêtèrent le tyranneau pendant qu'il mangeait des raisins sous sa treille préférée. Pour qu'il ne puisse pas dire ses dernières paroles, ils le tuèrent sur place d'un coup de revolver. Après quoi, ils se mirent à la recherche de l'homme et ne tardèrent pas à le trouver au marché où il était en train de vendre des boniments aux camelots. Ils le poussèrent dans un fourgon cellulaire, l'emmenèrent à la forteresse et le torturèrent pour qu'il révélât quelles auraient été les dernières paroles du tyranneau. Comme ils ne purent rien lui arracher, ils l'achevèrent à coups de pied.

Les vendeurs des rues qui avaient acheté des cris à l'homme continuèrent à les crier aux carrefours, et l'un de ces cris devint plus tard le signe de ralliement de la révolution qui liquida les généraux et les secrétaires. Certains, avant de mourir, pensèrent confusément que tout cela au fond n'avait été qu'un triste enchaînement de confusions et que les mots et les cris étaient des choses qui à la rigueur pouvaient se vendre mais non s'acheter, bien que cela paraisse absurde.

Et ils pourrirent tous, les uns après les autres, le tyranneau, l'homme, les généraux et les secrétaires, mais les cris continuent de résonner de temps en temps au coin des rues.

Les lignes de la main

D'une lettre jetée sur la table s'échappe une ligne qui court sur la veine d'une planche et descend le long d'un pied. Si l'on regarde attentivement, on s'aperçoit qu'à terre la ligne suit les lames du parquet, remonte le long du mur, entre dans une gravure de Boucher, dessine l'épaule d'une femme allongée sur un divan et enfin s'échappe de la pièce par le toit pour redescendre dans la rue par le câble du paratonnerre. Là, il est difficile de la suivre à cause du trafic mais si l'on s'en donne la peine, on la verra remonter sur la roue d'un autobus arrêté qui va au port. Là, elle descend sur le bas de nylon de la plus blonde passagère, entre dans le territoire hostile des douanes, rampe, repte et zigzague jusqu'au quai d'embarquement, puis (mais il n'est pas facile de la voir, seuls les rats peuvent la suivre) elle monte sur le bateau aux sonores turbines, glisse sur les planches du pont de première classe, franchit avec difficulté la grande écoutille et, dans une cabine où un homme triste boit du cognac et écoute la sirène du départ, elle remonte la couture de son pantalon, gagne son pull-over, se glisse jusqu'au coude et, dans un dernier effort, se blottit dans la paume de sa main droite qui juste à cet instant saisit un revolver.

*Histoires de Cronopes
et de Fameux*

I

PREMIÈRE ET ENCORE INCERTAINE
APPARITION
DES CRONOPES, DES FAMEUX
ET DES ESPÉRANCES
PHASE MYTHOLOGIQUE

Coutumes des Fameux

Il advint qu'un Fameux vint danser trêve et danser catale devant un magasin plein de Cronopes et d'Espérances. Les plus fâchés étaient les Espérances car elles veulent toujours que les Fameux dansent espère et non pas trêve et catale car espère c'est la danse que connaissent les Espérances et les Cronopes.

Les Fameux font exprès de se placer devant les magasins pour danser trêve et danser catale, et cette fois le Fameux qui dansait le faisait exprès pour embêter les Espérances. L'une des Espérances posa par terre son poisson-flûte, car les Espérances, comme le Roi de la Mer, sont toujours assistées de poissons-flûtes, et elle sortit admonester le Fameux en ces termes :

— Fameux ! cesse de danser trêve et catale devant ce magasin.

Mais le Fameux continuait de danser et ne faisait qu'en rire.

L'Espérance appela d'autres Espérances et les

Cronopes s'attroupèrent pour voir ce qui allait se passer.

— Fameux ! dirent encore les Espérances, ne danse pas trêve et catale devant ce magasin.

Mais le Fameux dansait et ne faisait qu'en rire pour ridiculiser les Espérances.

Alors les Espérances se jetèrent sur le Fameux et le mirent à mal. Elles le laissèrent gisant au pied d'une palissade, et le Fameux geignait, couvert de sang et de tristesse.

Les Cronopes, ces objets verts humides ébouriffés, vinrent furtivement. Ils entourèrent le Fameux et le plaignirent en lui disant :

— Cronope, Cronope, Cronope.

Le Fameux comprenait et sa solitude était moins amère.

Le bal des Fameux

Les Fameux chantent alentour
Les Fameux chantent et se balancent

— CATALE TRÊVE TRÊVE ET ESPÈRE

Les Fameux chantent chez eux
avec lanternes et vénitiennes
ils chantent dansent et ainsi font

— CATALE TRÊVE ESPÈRE TRÊVE

Gardiens de la paix, comment pouvez-vous laisser
   les Fameux faire ce qu'ils veulent, chanter et
   danser autant qu'il leur plaît, chanter trêve, trêve
   et catale,
danser trêve espère et trêve,
Comment pouvez-vous ?
Si encore c'étaient les Cronopes (ces objets verts
   humides ébouriffés)
qui dansaient par les rues,
on pourrait d'un salut les éviter :
— Bonnes salènes, Crono Cronopes.
Mais les Fameux ?

Joie du Cronope

Rencontre d'un Cronope et d'un Fameux à la vente liquidation du Grand Magasin de Blanc.
— Bonnes salènes, Crono Cronope.
— Bon Soir, Fameux. Trêve catale espère.
— Cronope Cronope ?
— Cronope Cronope.
— Du fil ?
— Deux dont un bleu.

Le Fameux considère le Cronope. Il ne parlera pas avant de savoir que ses paroles sont bien celles qui conviennent, de peur que les Espérances, ces microbes luisants toujours à l'affût, ne se faufilent dans les airs et, pour un mot déplacé, n'envahissent le cœur généreux du Cronope.

— Dehors il pleut, dit le Cronope. Le ciel entier.

— Ne t'en fais pas, dit le Fameux, je te ramène en automobile. Pour protéger les fils.

Et il regarde vite en l'air mais il ne voit aucune Espérance et soupire de soulagement. Par ailleurs il lui plaît d'observer la joie émouvante du Cronope qui tient contre son cœur les deux fils — dont un bleu — et attend impatiemment que le Fameux l'invite à monter dans son automobile.

Tristesse du Cronope

En sortant de Luna Park un Cronope constate
 que sa montre retarde que sa montre retarde que
 sa montre.
Tristesse du Cronope devant la foule des Fameux
 qui remonte la rue Corrientes à onze heures vingt
tandis que pour lui, objet vert humide ébouriffé, il
 est onze heures et quart.
Méditation du Cronope : « Il est tard mais moins
 tard pour moi que pour les Fameux,
pour les Fameux il est cinq minutes plus tard,
ils rentreront chez eux plus tard,
ils se coucheront plus tard.
Moi j'ai une montre avec moins de vie, moins de
 maison et moins de coucher,
je suis un Cronope humide et malheureux. »

Tout en prenant un café au Richmond de Florida
le Cronope trempe un toast dans ses larmes naturelles.

II

HISTOIRES DE CRONOPES
ET DE FAMEUX

Voyages

Quand les Fameux vont en voyage, voici ce qu'ils ont coutume de faire s'ils passent la nuit dans une ville : l'un d'eux va à l'hôtel et vérifie soupçonneusement les prix, la qualité des draps et la couleur des tapis. Un autre se transporte jusqu'au commissariat et dresse acte des meubles et immeubles des trois Fameux ainsi que du contenu de leurs valises. Un troisième enfin va à l'hôpital et recopie la liste des médecins de garde avec leurs spécialités.

Ces précautions prises, les voyageurs se retrouvent sur la grand-place de la ville, se communiquent leurs observations et entrent dans un café pour boire l'apéritif. Mais auparavant ils se prennent par la main et dansent en rond. Cette danse reçoit le nom de « Jubilation des Fameux ».

Quand les Cronopes partent en voyage, ils trouvent les hôtels bondés, les trains déjà partis, il pleut à cris, et les taxis ne veulent pas les prendre ou réclament des sommes exorbitantes. Les Cronopes ne se découragent pas pour si peu car ils croient fermement que ces choses-là arrivent à tout le monde, et, à l'heure de dormir, ils se disent l'un à l'autre : « La belle ville, la très belle ville. » Et ils rêvent toute la nuit que dans la ville il y a de grandes fêtes et qu'ils y sont invités. Le lendemain, ils se lèvent très contents et c'est ainsi que les Cronopes voyagent.

Les Espérances, sédentaires, se laissent voyager par les choses et les gens, elles sont comme les statues qu'il faut aller voir puisqu'elles ne se dérangent pas.

Conservation des souvenirs

Les Fameux pour conserver leurs souvenirs les embaument de la suivante façon : après avoir fixé le souvenir avec tous ses détails, ils l'enveloppent de la tête aux pieds dans un drap noir et le mettent debout contre le mur du salon avec une étiquette disant : « Excursion à Quilmes », ou : « Frank Sinatra. »

Tout au contraire, les Cronopes, ces êtres désordonnés et tièdes, laissent les souvenirs en liberté dans la maison au milieu des cris joyeux, des allées et venues et si d'aventure l'un passe près d'eux en courant, ils le caressent au passage et disent : « Attention à l'escalier », ou encore : « Tu pourrais te faire mal. » C'est pour cela que les maisons des Fameux sont silencieuses et bien rangées, tandis que chez les Cronopes il y a toujours grand remue-ménage et portes qui claquent. Les voisins se plaignent souvent des Cronopes, et les Fameux hochent la tête d'un air compréhensif et vont vite voir si toutes leurs étiquettes sont bien à leur place.

Pendules

    Un Fameux possédait une pendule murale et toutes les semaines il la remontait AVEC SOIN. Vint à passer un Cronope qui le voyant se mit à rire, rentra chez lui et inventa la pendule-artichaut ou cynara car l'un et l'autre se dit ou se disent.
    La pendule-artichaut de ce Cronope est un artichaut de la plus grande espèce fixé par sa tige à un trou dans le mur. Les innombrables feuilles de l'artichaut marquent l'heure présente mais aussi toutes les heures, de sorte que le Cronope pour savoir une heure n'a qu'à enlever une feuille. Comme il les enlève de gauche à droite, la feuille donne toujours l'heure exacte et chaque jour le Cronope enlève un nouveau rang de feuilles. Quand il arrive au cœur, le temps n'est plus mesurable et dans l'infinie rose violette du centre, le Cronope découvre un infini contentement, après quoi il la mange à la sauce vinaigrette et met une autre pendule dans le trou.

Le déjeuner

Un Cronope parvint non sans peine à établir un thermomètre de vies. Quelque chose entre le thermomètre et le topomètre, entre la fiche et le *curriculum vitae*.

Par exemple si le Cronope recevait chez lui un Fameux, une Espérance et un professeur de langues vivantes, il en déduisait, d'après ses plus récentes découvertes, que le Fameux était infra-vie, l'Espérance para-vie et le professeur de langues inter-vie. Quand au Cronope lui-même, il se considérait légèrement super-vie mais plus par poésie que par vérité.

A l'heure du déjeuner, ce Cronope savourait fort la conversation de ses invités car ils croyaient parler des mêmes choses et c'était pure illusion. L'inter-vie brassait des abstractions telles qu'esprit et conscience que le para-vie écoutait comme on écoute pleuvoir, tâche délicate. Et, bien entendu, l'infra-vie demandait à tout instant le gruyère râpé et le super-vie coupait le poulet en quarante-deux mouvements pas un de plus, méthode Stanley Fitzsimmons. Au dessert, les vies se saluaient et s'en allaient vaquer à leurs occupations et il ne restait plus sur la table que de petits morceaux épars de la mort.

Mouchoirs

Un Fameux, très riche, a une bonne. Ce Fameux se mouche dans un mouchoir pur fil puis le jette à la corbeille à papier. Il en prend un autre et le jette encore à la corbeille. Et ainsi de suite avec tous ses mouchoirs garantis pur fil. Ceux-là finis, il en achète une autre douzaine.

La bonne ramasse les mouchoirs et les garde par-devers elle. Mais pareille conduite l'intrigue, un jour elle n'y tient plus et demande au Fameux si les mouchoirs sont vraiment à jeter.

— Idiote, dit le Fameux, *il ne fallait pas demander.* Dorénavant, tu laveras mes mouchoirs et moi j'économiserai mon argent.

Commerce

Les Fameux avaient monté une fabrique de tuyaux d'arrosage et ils y employèrent de nombreux Cronopes à l'enroulage et au dépôt. A peine les Cronopes furent-ils sur les lieux que les voilà saisis d'une allégresse extrême. Il y avait des tuyaux verts, rouges, bleus, jaunes et violets. Ils étaient transparents et, en les essayant, on y voyait courir l'eau avec toutes ses bulles et, parfois, un insecte étonné. Les Cronopes commencèrent à pousser de grands cris, ils voulaient danser trêve et danser catale plutôt que travailler. Les Fameux se mirent en colère et appliquèrent immédiatement les articles 21, 22 et 23 du règlement intérieur. Afin d'éviter la répétition de pareils faits.

Comme les Fameux sont très négligents, les Cronopes attendirent des *circonstances favorables* et chargèrent quantité de tuyaux sur un camion. Lorsqu'ils rencontraient une petite fille dans la rue, ils coupaient un morceau de tuyau bleu et le lui offraient pour qu'elle pût sauter au tuyau. Et c'est ainsi qu'à tous les coins de rue on vit naître de très belles bulles bleues transparentes, avec une petite fille dedans qui avait l'air d'un écureuil en cage. Les parents de la petite fille auraient bien voulu prendre le tuyau pour arroser le jardin mais les Cronopes, toujours malins, les avaient percés de tous côtés, de sorte que l'eau s'y brisait en mille morceaux et n'était plus bonne à rien. A la fin, les parents se lassaient et les petites filles revenaient vite sur le trottoir pour sauter tant qu'elles pouvaient.

Avec les tuyaux jaunes, les Cronopes décorèrent divers monuments et avec les tuyaux verts ils tendirent des pièges à la mode africaine en pleine roseraie pour voir les Espérances y tomber une à une. Autour des Espérances tombées, les Cronopes dansaient trêve et dansaient catale, et les Espérances leur reprochaient leur forfait en criant :

— Cruels Cronopes ! Cronopes cruels !

Les Cronopes, qui ne voulaient aucun mal aux Espérances, les aidaient à se relever et leur offraient des morceaux de tuyau rouge. Ainsi, les Espérances purent-elles rentrer chez elles et réaliser leur souhait le plus cher : arroser leur jardin vert avec des tuyaux rouges.

Les Fameux fermèrent la fabrique et donnèrent un banquet plein de discours funèbres et de maîtres d'hôtel servant le poisson au milieu des soupirs. Ils n'invitèrent aucun Cronope et seulement les Espérances qui n'étaient pas tombées dans les pièges de la roseraie car les autres avaient gardé des morceaux de tuyau rouge et les Fameux s'étaient fâchés avec ces Espérances-là.

Philanthropie

Les Fameux sont capables de gestes d'une grande générosité comme par exemple de relever une pauvre Espérance tombée au pied d'un cocotier, de l'emmener chez eux dans leur automobile et de la soigner et de la nourrir et de lui procurer des distractions jusqu'à ce que l'Espérance ait assez de forces pour regrimper dans son cocotier. Après un pareil geste, le Fameux se sent très bon, et de fait il n'a pas tort, mais l'idée ne l'effleure même pas que l'Espérance va bientôt retomber de son cocotier. Et alors, tandis que l'Espérance gît à nouveau au pied du cocotier, notre Fameux à son club se sent très bon et pense à la façon dont il a aidé cette pauvre Espérance quand il l'a trouvée gisant inanimée.

Les Cronopes, eux, ne sont pas généreux par principe. Ils passent sans s'arrêter à côté des choses les plus émouvantes, comme par exemple une pauvre Espérance assise au bord du trottoir et gémissant de ne pouvoir nouer son lacet de soulier. Les

Cronopes n'ont pas même un regard pour elle, trop occupés qu'ils sont à suivre de l'œil un fil de la Vierge. Avec de pareils êtres on ne peut pas pratiquer la charité de façon cohérente, c'est pour cela que dans les sociétés philanthropiques les présidents sont tous des Fameux et les secrétaires des Espérances. Avec les fonds de leurs sociétés, les Fameux aident énormément les Cronopes, qui s'en balancent.

Le chant des Cronopes

Lorsque les Cronopes chantent leurs chansons préférées, ils le font avec tant d'enthousiasme qu'ils se laissent fréquemment renverser par des camions et cyclistes, tombent par la fenêtre, perdent ce qu'ils ont en poche et jusqu'au compte des jours.

Lorsqu'un Cronope chante, les Espérances et les Fameux accoururent l'écouter, bien qu'ils ne comprennent guère une joie aussi extrême et sont en général un peu scandalisés. Au milieu du chœur, le Cronope lève ses petits bras comme s'il soutenait le soleil, comme si le ciel était un plateau et le soleil la tête de saint Jean-Baptiste, de sorte que la chanson du Cronope c'est Salomé nue dansant pour les Fameux et pour les Espérances qui restent là bouche bée à se demander si M. le curé et si les convenances. Mais comme au fond ils sont bons (les Fameux vraiment bons et les Espérances bêtes), ils finissent par applaudir très fort le Cronope qui s'éveille en sursaut, regarde autour de lui et se met à applaudir lui aussi, le pauvre.

Histoire

Un tout petit Cronope cherchait la clef de la porte d'entrée sur la table de nuit, la table de nuit dans la chambre à coucher, la chambre à coucher dans la maison, la maison dans la rue. Là, le Cronope s'arrêta car, pour sortir, il lui fallait la clef de la porte.

La cuillerée étroite

Un Fameux découvrit que la vertu était un microbe rond et plein de pattes. Aussitôt, il donna à boire une grande cuillerée de vertu à sa belle-mère. Le résultat fut catastrophique. La bonne dame renonça à ses commentaires mordants, fonda un club pour la protection des alpinistes égarés et en moins de deux mois se conduisit d'une façon si exemplaire que les défauts de sa fille, passés jusque-là inaperçus, ressortirent avec éclat pour la plus grande consternation du pauvre Fameux. Il fut bien obligé de donner une cuillerée de vertu à sa femme qui le quitta le soir même car elle le trouvait grossier, insignifiant, bien loin, en un mot, des archétypes moraux qui flottaient devant ses yeux illuminés.

Le Fameux réfléchit longuement et à la fin il but lui-même tout un flacon de vertu. Mais il n'en continue pas moins à vivre seul et triste. Quand il rencontre dans la rue sa belle-mère ou sa femme, ils se saluent, respectueusement et de loin. Ils n'osent même pas se parler tant est grande leur respective perfection et la peur qu'ils ont de se contaminer.

La photo était floue

Un Cronope sur le point d'ouvrir la porte de sa maison met la main dans sa poche et, au lieu d'en retirer ses clefs, il en sort une boîte d'allumettes, et voilà notre Cronope qui se désole et se prend à penser que s'il trouve des allumettes à la place de ses clefs, c'est peut-être que le monde s'est soudain déplacé et ce serait horrible de trouver son portefeuille plein d'allumettes et le sucrier plein d'argent et le piano plein de sucre et l'annuaire du téléphone plein de musique et la penderie pleine d'abonnés et le lit plein d'habits et les vases pleins de draps et les autobus pleins de roses et les jardins pleins d'autobus. Comme il pleure notre Cronope, comme il pleure et se lamente, il court se regarder dans une glace mais comme la glace est légèrement de biais, ce qu'il voit c'est le parapluie de l'entrée et ses craintes se confirment, il tombe à genoux et sanglote en joignant ses petites mains sans bien savoir pourquoi. Les voisins, des Fameux, accourent pour le consoler, mais il se passe des heures avant que le Cronope ne sorte de son désespoir et accepte une tasse de thé qu'il regarde et examine longuement avant de la boire, des fois qu'à la place de la tasse de thé il y aurait une fourmilière ou un livre de Paul Bourget.

Eugénésie

Le fait est que les Cronopes ne veulent pas avoir d'enfants car la première chose que fait un Cronope en venant au monde est d'insulter grossièrement son père en qui il voit obscurément l'accumulation de malheurs qui un jour seront les siens.

En conséquence de quoi les Cronopes laissent aux Fameux le soin de féconder leur femme, chose que les Fameux font toujours bien volontiers car ce sont des êtres foncièrement libidineux. Ils croient en outre que de cette façon ils finiront par saper la supériorité morale des Cronopes, mais ils se trompent lourdement car les Cronopes éduquent leurs enfants à leur manière et en quelques semaines ils leur enlèvent toute ressemblance avec les Fameux.

Leur foi en les sciences

Une Espérance croyait aux types physionomiques comme par exemple les camus, les têtes de merlan, les narines au vent, les olivâtres, les fronts fuyants, le genre intellectuel et le genre garçon coiffeur, etc. Fermement décidée à classer définitivement ces groupes, elle commença par faire de grandes listes de noms connus et elle les répartit dans les catégories précitées. Elle prit ensuite le premier groupe formé de huit camus et vit avec une certaine surprise que ces gars-là se subdivisaient en trois groupes, à savoir : les camus moustachus, les camus type boxeur et les camus style planton de ministère, comprenant respectivement 3, 3 et 2 camus. A peine les avait-elle ainsi répartis (au café le Paulista où elle les avait réunis avec peine et force cafés glacés) elle s'aperçut que le premier sous-groupe n'était pas uniforme car deux des camus moustachus appartenaient au type raton laveur tandis que l'autre était nettement d'inspiration japonaise. L'ayant mis de côté à l'aide d'un solide sandwich anchois-œuf dur, elle organisa le sous-groupe raton laveur et elle se disposait à l'inscrire sur son carnet de travaux pratiques lorsqu'un des ratons laveurs regarda vers la droite et l'autre vers la gauche, moyennant quoi il fallut bien constater que l'un des deux était brachicéphale tandis que l'autre présentait un crâne plus propre à suspendre les chapeaux qu'à en porter un. Trouvaille qui entraîna la dissolution du sous-groupe ; quant au reste, n'en parlons pas, car les autres sujets d'étude étaient passés du café glacé au Cinzano et leur seul point commun à ce stade avancé des choses était leur ferme volonté de continuer à boire aux frais de l'Espérance.

Anicroches dans les services publics

Voyez un peu ce qui arrive quand on se fie aux Cronopes. A peine en avait-on nommé un directeur général de la Radio qu'il fit appeler des traducteurs jurés et leur fit traduire tous les bulletins, publicités et chansons en roumain, langue fort peu répandue en Argentine.

A huit heures du matin, les Fameux ouvrirent leur radio pour écouter le bulletin d'informations et la publicité de l'huile Oliva, avec Oliva tout va.

Ils l'entendirent bien mais en roumain, de sorte qu'ils ne comprenaient que le nom du produit. Profondément étonnés, les Fameux secouaient leurs postes mais les émissions se poursuivaient en roumain, y compris le célèbre tango *Ce soir je me soûle*. A la réception téléphonique, il y avait une demoiselle qui répondait en roumain aux réclamations véhémentes, ce qui créait une pagaye monstre.

Informé de la chose, le gouvernement ordonna de faire fusiller le Cronope qui tournait en dérision les plus belles traditions de la patrie. Malheureusement, le peloton d'exécution était composé de Cronopes du contingent et au lieu de tirer sur l'ex-directeur général, ils visèrent la foule attroupée place de Mayo et si adroitement qu'ils descendirent six officiers de marine et un pharmacien. Sur quoi on fit venir un peloton de Fameux, et le Cronope fut bel et bien fusillé et à sa place on nomma un auteur distingué de chansons folkloriques et d'un essai sur la matière grise. Ce Fameux rétablit la langue nationale sur les ondes, mais les Fameux avaient appris à se méfier et n'écoutaient plus la radio. Beaucoup de Fameux, pessimistes par nature, avaient acheté des dictionnaires et des manuels de roumain ainsi que des vies du roi Carol et de Mme Lupescu. Le roumain devint à la mode malgré la colère du gouvernement, et de nombreuses délégations allaient en cachette sur la tombe du Cronope pour y pleurer et déposer leur carte où proliféraient des noms connus à Bucarest, ville de philatélistes et d'attentats.

Faites comme chez vous

Une Espérance se fit construire une maison et mit à l'entrée une plaque qui disait : « Bienvenue à ceux qui entrent ici. »

Un Fameux se fit construire une maison et n'y mit pas autrement de plaque.

Un Cronope se fit construire une maison et pour sacrifier à la coutume mit sous le porche plusieurs plaques qu'il acheta ou fit faire. Les plaques étaient placées de façon qu'on puisse les lire dans l'ordre suivant. La première disait : « Bienvenue à ceux qui entrent ici. » La deuxième disait : « La maison est petite mais le cœur est grand. » La troisième disait : « Un hôte dans la maison est aussi doux que le gazon. » La quatrième disait : « Nous sommes pauvres en vérité mais riches en bonne volonté. » La cinquième disait : « Cette plaque annule les précédentes : Tire-toi, salaud ! »

Thérapies

Un Cronope devient médecin et ouvre un cabinet rue Santiago del Estero. Aussitôt accourt un malade qui lui raconte tout ce qui ne va pas et que la nuit il ne dort pas et le jour il ne mange pas.

— Achetez un grand bouquet de roses, dit le Cronope.

Le malade s'en va surpris mais il achète le bouquet et guérit instantanément. Plein de reconnaissance, il va revoir le Cronope et lui donne, avec ses honoraires, un bouquet de roses. A peine a-t-il tourné le dos que le Cronope tombe malade, il a mal partout, et la nuit il ne dort pas et le jour il ne mange pas.

Le particulier et l'universel

Un Cronope allait se laver les dents sur son balcon et, soulevé d'une grande joie à voir le soleil du matin et les beaux nuages qui couraient dans le ciel, il pressa vigoureusement le tube de dentifrice et la pâte se mit à sortir en un long ruban rose. Après avoir recouvert sa brosse d'une véritable montagne de pâte, le Cronope dut reconnaître qu'il lui en restait pas mal encore, et il se mit à secouer le tube au-dessus de la rue et voilà comment des morceaux de pâte rose tombèrent sur plusieurs Fameux qui s'étaient réunis là pour commenter les nouvelles municipales. Les morceaux de pâte rose tombaient sur les chapeaux des Fameux tandis que là-haut le Cronope chantait et se brossait les dents avec grand enthousiasme. Les Fameux s'indignèrent de cette incroyable inconscience du Cronope et ils décidèrent d'envoyer une délégation de trois Fameux pour lui reprocher son comportement, laquelle délégation monta chez le Cronope et le vitupéra en ces termes :

— Cronope, tu as abîmé nos chapeaux. Tu devras nous en payer d'autres.

Et ensuite, sur un ton plus véhément :

— Cronope ! tu ne devrais pas gaspiller ta pâte dentifrice !

Les explorateurs

Trois Cronopes et un Fameux s'associent spéléologiquement pour découvrir l'origine d'une source. Arrivés à l'entrée de la caverne, un Cronope descend, soutenu par les deux autres et portant sur son dos un paquet de ses sandwichs préférés (au fromage). Les deux Cronopes-cabestan le laissent filer peu à peu, et le Fameux inscrit sur un grand cahier les détails de l'expédition. Bientôt, leur parvient un premier message du Cronope, furieux parce qu'on s'est trompé et qu'on lui a donné des sandwichs au jambon. Il secoue la corde et exige qu'on le remonte. Les Cronopes-cabestan se consultent affligés mais le Fameux se redresse de toute sa terrible stature et dit NON avec tant de violence que les Cronopes lâchent la corde et courent le calmer. Sur ce, arrive un second message : le Cronope lâché est tombé juste sur la naissance de la source et de là-bas il clame que tout va mal, entre jurons et larmes il communique que les sandwichs sont tous au jambon et qu'il a beau les tourner et les retourner, dans tous les sandwichs il n'y en a pas un seul au fromage.

Education de prince

Les Cronopes n'ont presque jamais d'enfants mais s'ils en ont un d'aventure, ils perdent la tête et il arrive des choses extraordinaires. Un Cronope qui a un enfant est aussitôt pris d'émerveillement, il est sûr que son fils est le vrai paratonnerre de la beauté et qu'en ses veines coule la chimie au grand complet avec de-ci, de-là des îles de beaux-arts, de poésie et d'urbanisme. Ce Cronope alors ne peut voir son fils sans s'incliner profondément et lui dire des mots de respectueux hommage.

Le fils, comme il se doit, le hait minutieusement. Quand il atteint l'âge scolaire, son père l'inscrit au cours préparatoire et l'enfant est tout heureux parmi les autres petits Cronopes, Fameux et Espérances. Mais à mesure qu'approche midi il s'assombrit parce qu'il sait que son père l'attendra à la sortie et qu'en le voyant il lèvera les bras au ciel et dira diverses choses, à savoir :

— Bonnes salènes, Cronope de Cronope, le meilleur, le plus grand, le plus vermeil, le plus disert, le plus respectueux et le plus appliqué des fils !

Ce qui fait se tordre de rire au bord du trottoir les Fameux et les Espérances juniors, alors le petit Cronope hait obstinément son père et il finira par lui jouer un mauvais tour entre la première communion et le service militaire. Mais les Cronopes n'en souffrent pas trop car eux aussi ont haï leurs parents et il semble même que cette haine soit un autre nom de la liberté et du vaste monde.

*Collez le timbre à l'angle supérieur droit
de l'enveloppe*

Un Fameux et un Cronope, grands amis, vont ensemble à la poste envoyer des lettres à leurs épouses qui voyagent en Norvège grâce aux bons soins de Thos Cook & Son. Le Fameux colle ses timbres minutieusement en leur donnant de petits coups de poing mais le Cronope pousse un cri terrible qui fait sursauter les employés et il déclare avec colère que les timbres sont d'un atroce mauvais goût et que jamais il ne consentira à prostituer ses lettres d'amour conjugal avec des trucs aussi minables. Le Fameux se sent mal à l'aise parce qu'il a déjà collé ses timbres, mais comme il aime beaucoup le Cronope il ne veut pas se désolidariser et il hasarde qu'en effet la vue du timbre à vingt centimes n'a rien de bien excitant mais que, par contre, le timbre à cent sous est d'une couleur lie-de-vin assez chic. Cela ne suffit pas à calmer le Cronope qui agite sa lettre et apostrophe les employés stupéfaits. Le receveur accourt et vingt secondes plus tard le Cronope est dans la rue, sa lettre à la main et très accablé. Le Fameux qui a furtivement glissé la sienne dans la boîte s'emploie à le consoler.

— Heureusement que nos femmes voyagent ensemble, la tienne aura de tes nouvelles par la mienne car je dis sur ma lettre que tu te portes très bien.

Télégrammes

Echange de télégrammes entre une Espérance et sa sœur.

AS OUBLIÉ OS SEICHE CANARI. STUPIDE. INÈS.
STUPIDE TOI-MÊME. AI UN EN RÉSERVE. EMMA.

Trois télégrammes de Cronopes :

ABSURDEMENT TROMPÉ DE TRAIN. AU LIEU 7.12 PRIS 8.24. SUIS LIEU ÉTRANGE. HOMMES SINISTRES COMPTENT TIMBRES. LIEU HAUTEMENT LUGUBRE. TÉLÉGRAMME PEU DE CHANCES PARTIR. TOMBERAI SANS DOUTE MALADE. AURAIS DÛ PRENDRE BOUILLOTTE. TRÈS DÉPRIMÉ. ATTENDS TRAIN RETOUR ASSIS SUR MARCHE. ARTHUR.

NON. QUATRE SOIXANTE OU RIEN. SI TE LES LAISSE À MOINS ACHÈTE DEUX PAIRES UNE RAYÉE AUTRE UNIE.

TROUVÉ TANTE ESTHER EN PLEURS. TORTUE MALADE. RACINE VÉNÉNEUSE SANS DOUTE OU FROMAGE MOISI. TORTUES ANIMAUX DÉLICATS. UN PEU BÊTES. INCAPABLES DISTINGUER. DOMMAGE.

Leurs histoires naturelles

LE LION ET LE CRONOPE

Un Cronope marchant dans le désert rencontre un lion et il s'ensuit ce dialogue :
LION : Je te mange.
CRONOPE (éploré mais digne) : Bien.
LION : Ah non, pas de ça. Les airs de martyr, très peu pour moi. Pleure ou défends-toi, comme tu voudras, mais comme ça, je ne peux pas te manger. Allons, j'attends. Tu ne dis rien ?
Le Cronope ne dit rien, le lion est perplexe, enfin une idée lui vient.
LION : Heureusement que j'ai une épine dans la patte gauche qui me gêne fort. Enlève-la-moi et tu auras la vie sauve.
Le Cronope enlève l'épine, et le lion s'en va en maugréant :
— Merci, Androclès.

LE CONDOR ET LE CRONOPE

Un condor fond comme la foudre sur un Cronope qui se promène à Tinogasta, le coince contre une paroi de granit et lui dit d'un air fat :
CONDOR : Ose dire que je ne suis pas beau.
CRONOPE : Vous êtes le plus bel oiseau que j'aie jamais vu de ma vie.
CONDOR : Mieux que ça.
CRONOPE : Vous êtes plus beau que l'oiseau de paradis.
CONDOR : Ose dire que je ne vole pas haut.
CRONOPE : Vous volez à des hauteurs vertigineuses, vous êtes supersonique et stratosphérique.
CONDOR : Ose dire que je sens mauvais.
CRONOPE : Vous sentez meilleur que tout un litre d'eau de Cologne Jean-Marie Farina.
CONDOR : Merde de type. Pas moyen de lui envoyer le moindre coup de bec.

LA FLEUR ET LE CRONOPE

Un Cronope trouve une fleur solitaire au milieu des champs. Il est sur le point de la cueillir.
mais il pense que c'est une cruauté inutile

et il s'agenouille auprès de la fleur et joue joyeusement avec elle, à savoir : il caresse ses pétales, il souffle dessus pour qu'elle danse, il bourdonne comme une abeille, il respire son parfum et finalement il se couche à son ombre et s'endort dans une grande paix.

La fleur pense : « Il est comme une fleur. »

LE FAMEUX ET L'EUCALYPTUS

Le Fameux se promène dans la forêt et bien qu'il n'ait pas besoin de bois il regarde les arbres avec convoitise. Les arbres ont une peur terrible car ils connaissent les habitudes des Fameux et ils craignent le pire. Au milieu de tous les autres se dresse un bel eucalyptus, et le Fameux en le voyant pousse un cri de joie et danse trêve et danse catale autour de l'eucalyptus bouleversé.

— Feuilles antiseptiques, hiver sans grippe, excellent moyen.

Il sort une hache et frappe l'eucalyptus à l'estomac, froidement. L'eucalyptus gémit, blessé à mort, et les autres arbres l'entendent dire dans un soupir :

— Et dire que cet imbécile n'avait qu'à s'acheter des pastilles Valda.

LA TORTUE ET LE CRONOPE

Il faut vous dire que les tortues sont grandes admiratrices de la vitesse et c'est bien naturel.

Les Espérances le savent et s'en fichent.

Les Fameux le savent et se marrent.

Les Cronopes le savent et chaque fois qu'ils rencontrent une tortue, ils sortent leur boîte de craies de couleur et, sur le tableau rond de son dos, ils dessinent une hirondelle.

*Reproduit et achevé d'imprimer
par l'Imprimerie Floch
à Mayenne, le 3 décembre 1986.
Dépôt légal : décembre 1986.
1ᵉʳ dépôt légal : février 1977.
Numéro d'imprimeur : 24907.*

ISBN 2-07-029623-7 / Imprimé en France.

39542